W9-CUB-777

1

The Shameless Shenanigans of
MISTER MALO

The Shameless Shenanigans of
MISTER MALO

1

Alidis Vicente

PIÑATA BOOKS
ARTE PÚBLICO PRESS
HOUSTON, TEXAS

The Shameless Shenanigans of Mister Malo is funded in part through a grant from the City of Houston through the Houston Arts Alliance. We are grateful for their support.

Piñata Books are full of surprises!

Piñata Books
An imprint of
Arte Público Press
University of Houston
4902 Gulf Fwy, Bldg 19, Rm 100
Houston, Texas 77204-2004

Cover design and illustrations by Mora Design Group

Names: Vicente, Alidis, author. | Villarroel, Carolina, translator.
Title: The shameless shenanigans of Mister Malo = Las terribles travesuras de Mister Malo / by / por Alidis Vicente ; Spanish translation by / traducción al español de Carolina Villarroel.
Other titles: Terribles travesuras de Mister Malo
Description: Houston, TX : Piñata Books, an imprint of Arte Público Press, [2017] | Series: The Mister Malo series | Summary: After school, ordinary fourth-grader Lance García becomes Mister Malo, a do-gooder who sets out to teach Isabella she was wrong to spread a rumor about Madeline.
Identifiers: LCCN 2017027819 (print) | LCCN 2017039741 (ebook) | ISBN 9781518504433 (ePub) | ISBN 9781518504440 (Kindle) | ISBN 9781518504457 (pdf) | ISBN 9781558858534 (alk. paper)
Subjects: | CYAC: Bullying—Fiction. | Middle schools—Fiction. | Schools—Fiction. | Flatulence—Fiction. | Conduct of life—Fiction. | Hispanic Americans—Fiction. | Spanish language materials—Bilingual.
Classification: LCC PZ73 (ebook) | LCC PZ73 .V44637 2017 (print) | DDC [Fic]—dc23
LC record available at https://lccn.loc.gov/2017027819

Printed in the United States of America
November 2017–December 2017
Cushing-Malloy, Inc., Ann Arbor, MI
5 4 3 2 1

TABLE OF CONTENTS

To all the **Mister Malos** *out there and the children they defend.*

CHAPTER 1
CHECKING THE MAIL

It was another typical weekday afternoon at Oakland Elementary School. The dismissal bell had rung two hours ago. The front of the school appeared frozen in the frigid winter air. Icicles were hanging from the edges of the roof and door frames. The window sills were covered in white snow so cemented it seemed it wouldn't melt until the last day of school. There would be no one wandering around until morning—at least, there wasn't supposed to be.

Across the street from school, a pair of eyes stared at the building. They surveyed the grounds in every direction, making sure there was absolutely no one hanging around. The eyes looked through a pair of super dark and super stylish sunglasses. They had to stay hidden. A head of curly brown hair was desperate to break free from the confines of a black baseball cap. Complete stealth mode. Once the coast was clear, the sleuth decided to make his move . . . after he finished his tropical-flavored fruit snacks, of course.

Lance always checked the mailbox at school. There was a secret lock box with a slot for letters hidden in a giant, hollow Oak tree on the school playground. It was made of tin and had several scratches from someone trying to break into it. Luckily, the mailbox was thief proof, or at least it seemed to be since nobody had stolen anything yet. Lance had to make sure he wasn't being followed. He didn't have to do much to watch his back. His super stylish glasses also happened to be extremely versatile. They had tiny, rectangular mirrors on the outer edges of the inside lenses, so he could see behind him while appearing to look straight ahead. Sneaky.

After making sure he wasn't being followed, Lance took a tiny, silver key out of his pocket and opened the lock box with a quick flick of his wrist. The box was decorated with capital letters cut out of magazines that read, "MALO MAIL." Judging from the looks of it, someone was very popular. The mail was stuffed to the brim of the box.

"Whoa, looks like I'm gonna be a busy man," Lance said to himself as he stuffed all the mail into his puffy, black winter coat and rushed back home. He was also checking the mailbox, by the front door to his house.

"I left your mail on the table, Mom!" yelled Lance and dashed up the carpeted stairs into his room.

He slammed so hard; he thought the hanging basketball hoop attached to it might fall off. Lance winced for a moment, waiting for his mom to shout about him slamming the door. Didn't happen. She must've been on the phone or something. She'd never yell at him when someone else could hear her.

Lance dumped all the stashed mail onto his bed and looked at the deliveries for **Mister Malo**. While he tried to sort them, some fell off the bed. There were Valentines with stickers of hearts and cupid that said, "**Malo**, please be my Valentine! I LOVE YOU!"

Ugh, fan mail, thought Lance, continuing to rummage through the mountains of **Malo Mail**. Finally, he found a sealed, white envelope with the words, "FOR **MISTER MALO**'S EYES ONLY."

"Now this is what I'm talking about," he said to himself and pulled down his sunglasses.

Carefully, Lance tore open the envelope so he wouldn't rip the letter it held.

Inside was this plea:

Dear Mister Malo,

My name is Madeline Wilson. I am in Mrs. Lombardi's fourth-grade class, and I seriously need your help. Isabella Santos in Mrs. Ferrara's class told Ryan Neilan in Mr. Peterson's class that I farted on the playground. Now, Ryan won't even talk to me during recess, and his friends laugh at me and make fart noises when I walk by.

It's really embarrassing, and it's not fair! Isabella has to pay for this. She definitely did it on purpose, because I

Know for a fact she is the one who actually farted. She was standing right in front of me when it happened. Ever heard of "silent but deadly"? Yeah, that was her. Ryan and his friends looked at her when they smelled it, but she turned around and blamed it on me. She was just too embarrassed to admit it.

So, Mister Malo, can you please teach Isabella a lesson? I heard some kids pay you in fruit snacks. I can get you a jumbo box of the tropical flavor ones. My mom buys them from a place that sells everything in giant sizes.

Sincerely,
Madeline Wilson

P.S. If you have any extra tricks, you can pull them on Ryan's friends . . . the ones that tease me on the playground. Their names are Matt Conlon and Quinn Holmes. They're in Mr. Peterson's class.

Lance knew exactly what Madeline was talking about. She was in his class, and he had seen Ryan's friends teasing her during recess. Isabella seemed like a nice girl, but what she had done to Madeline was definitely not cool. Poor Madeline didn't stand a chance at bringing Isabella down on her own. She was the prettiest, most popular girl in the fourth grade. Every girl wanted to be her friend and every boy wanted to hang out with her at the school ice cream socials. Madeline, well, she was more of the "I forgot to do my homework, can you give me the answers to copy in my workbook" kind of girl. Lance had read enough to know what had to be done. It was time for Lance to get in **MALO MODE**.

Lance believed **MALO MODE** wasn't **malo** at all. Actually, he thought it to be the exact opposite. **Mis- ter Malo** wasn't a villainous guy or a bad dude. He was helping the good by punishing the bad who had done **malo** things. And that was good . . . **muy** good. Right?

Lance walked to his wooden desk drawer and pulled out a huge stack of his mother's fashion magazines. He always took them off the coffee tables in the living room, even though he wasn't supposed to. Lance figured she didn't really read them anyway since she never dressed like the girls in the pictures. There were loads of them around the house. According to his mom, they were reading material for their house guests. Only, they rarely had house guests. And when they did, like during their monthly García family Sunday dinners, nobody ever read them. In fact, he and his cousins would rip out pages to use during spit ball competitions while their parents were preparing dinner. So, the magazines weren't *totally* useless.

On his desk, Lance prepared plain, unlined paper, a white envelope and an Elmer's glue stick. With scissors locked within his pointer finger and thumb, **Mis- ter Malo** went to work on answering Madeline's cry for help. It was no easy task, either. There was immense skill involved. The careful slicing of magazine letters, the necessary use of a dictionary for accurate spelling. One could not forget the intense pressure of perfect letter to paper application. Then there was the painstaking task of folding the letter ever so carefully in order not to crinkle the message. He also had to make sure it fit precisely into the envelope so that he wouldn't have a bulky, unprofessional looking package sent to his clients. Many of **Mister Malo**'s responses had seen a drop of sweat or two from all of the stress. Thankfully, sweat dries up quickly and doesn't stain paper.

The next day, Madeline found this reply in her desk:

Isabella has been **muy mala.**
Payback is on the way.
Please **dump a giant** box ⊙F FRUIT snacks **in a paper bag** and leave them on top of the Malo Mailbox.

Deviously yours,
Mister **Malo**

P.S. More *work* = more PAYMENT I don't work 4 free. Sorry.

Lance watched from across the classroom as Madeline folded the paper into her jeans pocket. Everyone was busy staring at the front of the room, pretending to listen to Mrs. Lombardi announce the class' daily objectives. In reality they were all either daydreaming or sleeping with their eyes open, with the exception of a few brainiacs who were jotting furiously into their marble composition notebooks. Nobody witnessed Madeline's smile as she secretly read the letter from inside her desk, nobody except Lance. He wondered if anyone else had ever noticed that Madeline always wore a headband matching her shoes, or that she always walked with her head down. Lance was pretty sure no one noticed Madeline ever, except, of course, during recess recently when she'd become the fart patrol target. It was as if her purple glasses had painted two giant bull's eyes on her face to double her humiliation. Thankfully Madeline had enough courage to ask for the proper help to end her recess ridicule. The fun and games were almost over.

Madeline's glee at receiving her **muy bueno** response from **Mister Malo** was short-lived, as was all other happiness anyone else had that day when the fire alarm rang.

"Everybody up," Mrs. Lombardi put on her jacket and motioned to the door with her hands. "Fire drill!"

Lance was really ticked off. He understood why it was important to practice drills in case there was ever a real emergency, but fire drills on a freezing, February morning. Really?!

The class whined and complained as they filed out of the classroom while struggling to put on their winter gear. In the hallway, all the fourth-grade classes were coming together, forming a sea of kids with puffy coats. As the lines of students merged, Madeline tripped and Lance tumbled right over her. Nobody stopped to see if they were okay. The students continued walking around them, eager to escape the annoying sound of the fire alarm. It seemed like no one even saw them fall except for Isabella, of course.

"Look, guys, Madeline knocked Lance down onto the floor! What happened, Lance? Did her fart blast knock you over?" Isabella yelled.

As was to be expected, Ryan and his friends followed behind Isabella and began their taunting and snickering, like the unoriginal followers that they were. Lance felt his cheeks light up with anger and frustration. He knew what it felt like to be bullied. Isabella had just made Madeline's revenge personal. Lance wanted to get up and say something clever to shame Isabella, Ryan and his little twerp friends right in front of the entire fourth grade, but there wasn't enough time. The crew kept walking down the hall with the ocean of other kids evacuating the building. Madeline brushed herself off and followed. Lance trailed behind her. Once they had rejoined their classroom on the sidewalk outside, Lance approached Madeline.

"Hey, are you okay?" he asked.

"Yeah, I'm fine. Sorry for knocking you over," Madeline said. She was looking at the ground, as usual, rubbing the bottom of her shoe against the cement.

"You didn't knock me over. Technically, I fell over you. I'm clumsy sometimes, I guess."

Madeline let out a brief laugh, but stopped as soon as she caught herself smiling. "You know, you probably shouldn't stand by me. Somebody might see you. I wouldn't want you to get made fun of."

"Don't worry about me," said Lance. "I'm not scared of those idiots."

"Easy for you to say," said Madeline. "You're popular. You don't know what it's like to be on the other side. To be like me."

Lance wanted to tell her that he did. He wanted to let her know she wasn't alone, and that she would be getting help soon. But he couldn't. He just nodded his head and stuck his icy hands into his jean pockets.

"If it's worth anything, I think girls who fart are cool."

Madeline laughed. Hard. So did Lance.

When the fire drill was over, they walked side by side into the building. This time, Madeline kept her head up.

CHAPTER 2
PROBLEMS AND ISSUES

Lance was busy at work, trying to plot the perfect revenge for Madeline. He sat cooking up ideas at the kitchen table but was finding it pretty difficult to focus with his father blasting an exercise DVD from the living room. His dad spent most of his days working on computers at his job, so he insisted on getting his "sweat on" during the weekends. Lance knew his mom was going to be angry with his father. Correction. She was going to be furious. Mr. García was exercising in the living room (again) without a towel (again), which meant he was dripping sweat all over the Brazilian cherry wood floor Mrs. García had just cleaned (again).

Since Lance couldn't concentrate with such noise in the background, he decided to imitate his father's silly looking routine. He stood behind the fluffy, cream-colored couch, running in place and flailing his arms like a monkey.

"You know, Dad, you should really get a towel."

"I can't. I'm in a zone right now," panted Mr. García.

Drip. Drip. Lance could see the droplets of sweat falling from his hairy father's chin and arms. Pretty soon, Lance was positive his dad would be splashing in an indoor puddle. It was starting to gross him out. Lance kept mimicking Mr. García while the man on the television screen yelled. The guy was covered with muscles. He was so ripped.

There was a little timer on the bottom, right hand corner of the flat screen. Mr. García had 17 minutes left.

"You can do this! Come on!" said the guy from the DVD.

"I can do this!" answered Mr. García.

"You got this!"

"I got this!"

"Just one more set," the man ordered.

"Ugh, I don't got this," admitted Mr. García.

He stopped exercising and walked back and forth across the living room, leaving constellations of sweat on the floor as he paced.

Just then, Mrs. García came through the front door with a ton of brown-paper, supermarket bags. She was barely visible behind the slew of groceries pouring out from the bags. Lance was pretty certain he saw steam coming out of her ears.

"No wonder you weren't answering any of my calls!" Mrs. García announced.

"You called? I didn't hear the phone. I'm working out."

"Did I call? Rafael, I called a thousand times! I had a flat tire!"

"Are you kidding me?" asked Mr. García as he began exercising again. A few seconds passed as he tried to get back on track with the commanding DVD instructor. *Drip drop* went the sweat. "What did you do to your tire?"

"I didn't do anything. Well, I ran over a nail, but that's beside the point. And why aren't you using a towel?! Look at that floor!"

Mrs. García ran to a side counter drawer and pulled out a dish rag. She then rummaged under the sink to find the wood cleaner spray bottle and placed it on the couch for when her husband finished exercising.

"I tried to tell him, Mom, but he said he was 'in a zone.'"

She rolled her eyes and began unloading the grocery bags onto the kitchen counters.

"What happened to your tire, Mom?"

"I ran over a nail so it went flat. I tried to call your dad to come help me change it, but that didn't work out. Luckily, a tow truck drove by and the driver was nice enough to pull over and change the tire for me."

"Sandra, how much did he charge you?" Mr. García blurted out, eyes fixed on the TV and knees alternately jutting toward the ceiling.

"Don't worry, dear," she yelled back, "he didn't charge me a penny. He asked me to pay it forward."

"What does that mean?" asked Lance, peeking into the grocery bags in search of a sugary treasure.

"If someone does you a favor and asks you to 'pay it forward,' it means they want you to do someone else a favor in the future. That's how you repay them for the help they gave you."

"So what's wrong? Why are you all upset at Dad if the guy fixed your problem?"

"You're right, Lance. The guy fixed my problem, but that doesn't fix the issue."

Mrs. García had begun loading perishable items into the refrigerator, and her back was turned toward Lance. She couldn't see him slyly sifting through the groceries.

"Is there a difference?" asked Lance.

"Yes. An issue is deeper than a problem. Like if you're sick. Your problem is you don't feel well because of all the symptoms. The issue is you have an infection or virus. So, while the stranger helped solve my problem. My issue still remains and that is . . . GETTING YOUR FATHER TO ANSWER THE PHONE AND USE TOWELS DURING HIS WORKOUTS!" she shouted loud enough for her husband to hear her.

He definitely heard her, but he wouldn't listen.

Lance knew exactly what his mother meant. His problem was he was hungry, but his issue was his mom was probably one of the worst cooks on the planet. No lie. Lance and his father would often beg for a bowl of cereal or a sandwich for dinner instead of her lasagna, which would either end up in the trash or half chewed in their mouths until she wasn't looking. It would then end up in napkins or paper towels. They made sure to keep plenty of those paper goods on the table during mealtime. Lance really needed to find those snacks. He hoped she hadn't forgotten them at the supermarket.

"Yes! Snacks! Victory, at last!" exclaimed Lance, pulling out goodies from a shopping bag. Candy helped him think . . . and smile. Speaking of thinking, Lance had work to do.

"Okay, so problems versus issues. Got it," he said.

"Good. Now why don't you help me unpack these groceries? I have a new recipe I want to try out tonight. Got it from *Food & Wine* magazine."

Oh, no! Not another recipe disaster! Even with each step written down and every ingredient premeasured, Mrs. García could not execute a decent meal.

"You know, Mom," Lance said as he headed for the stairs as fast as he could, "I have some work to do. Sorry."

"I don't think so, Mister. Get back here."

Lance dragged his feet to the kitchen to help his mom put away the groceries and give her a hand with dinner.

"We're having Yucatán chicken and roasted vegetables tonight, my friend. I hope you're hungry."

Lance's stomach churned. He had no clue what Yucatán chicken was or how his mother planned on not setting the kitchen on fire while trying to roast vegetables. He wanted no part of it. He began unloading the bags.

"You hear that, Dad? We're having Yucatán chicken tonight. And roasted vegetables, too!"

"I'll pass on the 'You're the Man' chicken tonight, honey. I'm, uh, fasting."

Lance knew his dad wasn't fasting. He probably couldn't go half a day without eating. Mr. García had a whole sack full of tricks for sneaking outside food. Once, he had asked the pizza delivery boy to place his secret pizza order into a basket on the front lawn; he then pulled the basket into the house through the hallway window, just so Mrs. García wouldn't hear the doorbell ring in the middle of the night. Lance saw the whole thing. His dad bribed him with Hawaiian pizza slices to keep his mouth shut. There was no way Lance would pass up an opportunity to devour pizza covered in ham and pineapple.

"Fasting? Since when do you fast?" Mrs. García asked. She smirked in disbelief.

"Since I started this new workout program." Mr. García was now half-doing mountain climbers half-keeled over on the floor from exhaustion. "Can't you see how dedicated I am?"

"Yeah, and I think I have a stomach virus," Lance announced. "This is a major issue, which makes me feel like I have to puke. Big problem." Lance pretended to gag at the sight of the ingredients his mom was setting on the counter. "I can't stomach any fancy chicken tonight."

"Okay," his mom sighed. She placed her hand on her hip and pointed up with her other hand. She kind of looked like the Statue of Liberty. "I'll make you chicken soup then."

"No, no, Mom. Really, it's fine. I'll . . . just . . . have some crackers. Can't go wrong with crackers!"

Lance grabbed a box of crackers and jetted to his room. If he was lucky, he'd eat the entire box, then fall asleep and miss the entire dinner disaster. Fingers crossed.

Once upstairs in the sanctuary of his room, Lance went into the secret hiding spot in his closet. Underneath hanging clothes and behind stacks of sneaker boxes, there was a small ledge. Unknown to his parents, the ledge was broken and a piece of wood molding had come off. In this little nook and cranny something was hidden that Lance could not live without: The Malo Manual. It was an ordinary, three-ringed red binder filled with plain loose leaf paper. The paper appeared to be blank. But it hid priceless information that could not only expose Mister Malo's identity, but also reveal every trick in his muy malo book. Lance shut off the light to his room and switched on the blacklight lamp he kept in the closet. When he shined the lamp on the paper, the ink suddenly became visible and words leapt off the page.

Whenever **Mister Malo** had a new client or job to do, he always consulted his manual. Every page detailed individual prank dates, customers, targets, motives, bullies and, of course, the form of retaliation. From his notes, **Mister Malo** would learn what methods worked, what didn't and how he could improve his execution in the future. There was also a very important list in the binder. It was called "**The Malísimos.**" On this list was the worst of the worst bullies. In order to qualify for a spot on the notorious **Malísimos** list, more than three kids had to have written to **Mister Malo** about being tormented by those savage creatures. **The Malísimos** couldn't be stopped with a small dash of jalapeño hot sauce to their turkey sandwiches. Oh no. These tyrants were on a different level, and had to be handled with extreme caution. **Mister Malo** was hopeful they would learn their lessons once he was done with them. He didn't want to hurt them. He wanted to rehabilitate them. **Mister Malo** had hope for every kid. Nobody was born a bully. He was convinced he could turn them around with a good dose of their own medicine.

With **The Malo Manual** on deck, **Mister Malo** reviewed some of his past victories in order to see what might help Madeline. Whoopee cushions might not work on Isabella. She'd notice them right away. Salt in her water bottle might not send the message. **Mister Malo** flipped the pages. There had to be something he could do to make Isabella realize that being laughed at and picked on was a terrible feeling. This problem needed an appropriate fix. And there it was. Mister Malo would not repeat how he handled Prank 34. He did NOT recycle. But he had found his inspiration. *Isabella, here I come!*

CHAPTER 3
GARCÍA SUNDAY DINNERS

The weekend was drawing to a close. Lance had spent most of it outlining the exact course of action **Mister Malo** would take in response to Madeline's letter. Aside from that, he had played video games, made s'mores in the microwave (since he didn't have a campfire), done his homework and searched online for the newest Lego Architecture modeling sets. Lance was addicted to Legos, but not just any Legos, the ones specifically made for engineers and architects in the making. Like him. He had a whole wooden shed in the backyard dedicated to his projects.

There was only one thing left to do on that cold February day: prepare for the García family's monthly Sunday dinner gathering.

It had started about five years ago. Mr. García, along with his brothers and sister, decided it would be a good idea to get together once a month at Lance's house for Sunday dinner with all their children. And there were a lot of children. The grownups were total-ly outnumbered at the García Sunday Dinners, which might seem like a recipe for chaos and disaster. It was. It was also a lot of fun in a yelling, food-scarfing, storytelling, volcano-bursting kind of way. Of course Mrs. García had no part in the cooking. She tried, really she did. But after her first and final attempt at a revolting tuna casserole that wound up in the trash, everyone unanimously agreed Mrs. García would host the dinner and everybody else would bring the food. Lance felt a huge relief once that had been decided.

Lance went downstairs to help Mrs. García set the table before the crew arrived. She had already started. The white circular dinner plates were perfectly aligned around the rectangular wooden table in the dining room, partly covered by matching salad plates on top of them. Lance started laying out the silverware while his mother arranged the glasses.

"Thank you, honey," she said.

"No problem."

Lance's dad came in the house through the back door, panting for breath with his hands over his head. He must have tried to go for a jog again.

"The floors, Rafael! The floors!" Mrs. García yelled.

Lance laughed as he made sure all the chairs were pushed in under the table.

"I'm sorry. I'm sorry," Mr. García sputtered as he grabbed some paper towels and started soaking up sweat from the floor.

"I don't know why you bother getting the dinner table so fancy for these dinners. Nobody cares how perfectly everything is set up. It's not even like everyone sits down formally to eat together," he said between breaths.

Mrs. García glared at her husband. "It's called being hospitable, dear. They bring all the food every month. All we have to do is host and provide the drinks. The least we can do is create a welcoming atmosphere. Nobody wants to eat in chaos." She placed her hand on her hip and said with mounting impatience, "Now go take a shower. Your family will be here soon."

"I ran a mile in 13 minutes today. I'll be ready for the Iron Man Competition in no time." Mr. García was stretching, desperately trying to bend over and reach his toes.

"I'm sure you will, honey. Now, please go upstairs before I have to mop the floor again."

Lance wasn't exactly knowledgeable of how long it should take somebody to run a mile, but he was pretty sure 13 minutes wasn't very fast. Either way, he had to give his dad an A for effort.

Lance and his mother finished the dinner preparations to perfection, but there was something worrying Lance. Something he hoped would stay far away from his dinner table.

"Hey, Mom," Lance said, "is Tío Kelvin coming to dinner tonight?"

"I'm not sure, honey. We haven't seen him in almost a year since the last time he came. You know how it is."

He certainly did. Tío Kelvin was a troublemaker. Whenever he came around, an argument always seemed to break out between him and the other adults. But that wasn't what worried Lance. His cousin Manuel did. He was at the very top of **The Malísimos** list. Manuel had gotten a double genetic dose of creating problems from his father and had bullied Lance for as long as he could remember. Whenever Lance mentioned it to his father, there would be groans from his uncle Kelvin.

"Learn to hit back," he'd say. "You've got to learn how to be a man. Don't be a coward."

Somehow, Tío Kelvin always put the blame on Lance, which would cause the arguments between adults while Manuel stared Lance down and punched his palms. Lance didn't understand how fighting his older cousin would make him a man. His father was a great man, and he had probably never hit anyone in his life. If hitting his family members made Lance a man anything like Tío Kelvin, he wanted no part of it. At the same time, he couldn't stand being bullied by his older cousin. For starters, Manuel was a tank compared to Lance. One day, Lance was just watching TV, minding his own business, when Manuel came running from the opposite end of the room and punched him in the gut. It knocked the wind straight out of

Lance's mouth, making it impossible for him to scream in pain or for help. Even if he had hit Manuel back, it would've been like a Chihuahua snapping at an elephant. The thought of the punch to the gut or Manuel knocking Lance's food off the table and spilling it all over the floor was enough to make Lance's eyes fill with tears. But he refused to cry. Not anymore. Lance might not be tough, but he wasn't going to let himself get pushed around anymore. If Manuel came to dinner, Lance would stand up to him. Today would be his day.

It was about 5 p.m. when Tío Eddie arrived with his wife, Daniela, and their daughters, Lauren and Samantha. Everyone gave kisses and hugs to greet each other. Lauren and Samantha immediately sat down on the couch and started tapping away at their iPhone screens. They were very pretty girls. But they wore way too much make-up. Way too much. Lance didn't particularly understand the concept of make-up. Even the word itself made no sense: "Make-up." Why would you want to make yourself look like someone you're not? Most girls, like his cousins, were much prettier without all the face paint. Purple glitter on the eyelids, bubblegum pink lipstick. Did they honestly think they looked better with all that stuff?

Tía Daniela was carrying a giant aluminum tray filled with yellow rice and black beans. "Here, let me help you with that," said Mrs. García.

Together they carried the tray into the kitchen. Lance followed and pretended to help, mainly because he wanted to sneak a spoonful before dinner started.

Next, Tía Michele arrived with Johnny and Raúl. Lance had always thought Tía Michele was the most beautiful member of their family. She had a perfect smile; long, shiny black hair; skin the color of copper and not a single line or wrinkle on her face. But when she got mad, get out of her way!

Mrs. García and Tía Michele gave each other an awkward, forced greeting. Lance had a feeling they weren't exactly friends, but they put on a show for the sake of family peace. They never really talked much to each other, but boy did they have lots to say to everyone else. Tía Michele had brought an entire platter of appetizers. Lance needed to act quickly or they would be gone before he knew it.

"I've got this, Titi," said Lance. "I'll put it on the table."

Michele gave a slight smirk and wink. She knew exactly what Lance was up to.

Lance embarked on a covert mission called Operation Appetizer. He snuck into the dining room totally undetected by his icy teenage cousins and his chatty adult family members. He opened the lid of the platter to reveal tiny bite-sized morsels of love. Mini ground beef turnovers, scoop-sized tortilla chips prefilled with guacamole and a bread bowl of spinach artichoke dip. Score! Lance took a salad plate and filled it with food. As far as he was concerned, avocados, spinach and artichokes were equivalent to salad. While he silently crunched on his snacks and licked guacamole off his fingers, he heard what sounded like a volcano erupting through the front door.

"The pig has arrived," yelled Tío Michael, barging into the house.

Uncle Michael was covered in ink from a sea of tattoos on his skin, and his hair was always spiked solid into a Mohawk. All his kids swarmed into the house like a plague of mice. Tío Michael carried in a pig under his arm. Literally. He always brought a roasted pig that needed to be carved. On the first García Family Dinner, Mrs. García shrieked at the sight of the dead oinker's face staring at her when she answered the door. Its mouth was open as though it was silently squealing for help. His mom had yelled like a banshee. Practically supersonic. In fact, it was so ear-piercing, it was borderline undetectable by human ears and on a different sound wave only dogs could hear. True story.

"I told you not to bring that thing through the house again," Mrs. García yelled. "You're supposed to leave it in the garage and cut it in there! Can't somebody bring some chicken just once?!"

"Oh, come on! It's just a little bacon. You love bacon, don't you, Sandra?" Tío Michael answered with a devious smile.

Mrs. García smacked her brother-in-law in the arm with her striped dishrag as he carried the pig into the kitchen. There was nothing she could do now. The madness had begun.

After the family came together to make a toast and yell, "*¡Salud!*" to cheer the beginning of another Sunday Dinner, the usual routine unfolded. The adults were in the kitchen hollering, which was how they communicated. Even though they were sitting right next to each other, they all shouted over one another to see whose word would be victorious. The only time his family was ever quiet or displayed proper etiquette and manners was when Lance's grandpa visited from Puerto Rico. In Abuelo's presence, there was no yelling, no foul language and definitely no licking fingers. Even Manuel and Tío Kelvin would transform into angels from their demonic states if Abuelo was watching. Aside from the couple of times a year he was around, all the family members seemed functional in the frenzied environment they created, except Mrs. García. She would in a corner, washing dirty dishes she had gone around picking up. Brown curls swaying back and forth as she scrubbed plates with bits of roast pork stuck to them. It appeared the madness in her kitchen might just swallow her up and spit her back out. Sometimes, Lance felt bad for her during these family gatherings.

Lance went over to his mom and gave her a hug. He knew she needed one. She kissed him on the top of his head and gave him a nod.

In the living room, Lauren and Samantha hadn't moved. They were jammed into the sofa with their eyes locked on their phones. Lina was half walking, half crawling around the room, determined to throw every remote she could find. The rest of Tío Michael's kids were running around the house going up and down the stairs chasing each other. Lance joined Johnny and Raúl at the dining room table, they had ripped up pages of Mrs. García's magazines.

"What are you guys doing?" he asked. He knew exactly what they were doing. He was just busting their chops.

"We're doing what you should be doing," Johnny replied.

Johnny was only seven, but he was just as big as his older brother Raúl. The kid could eat. He could also pitch and bat better than any other first grader on his little league baseball team. It almost wasn't fair to have him playing against other children his age. Johnny was a beast. He was so obsessed with baseball; he wore New York Yankees baseball caps all year long and sometimes jerseys too. Today, he was rocking a crisp, new navy blue Yankee cap.

"I've held the Spit Ball Championship the last three months in a row. Are you sure you want to do this?" asked Lance.

Lance wasn't sure he wanted to do it either. Last month during January's spit ball fest, he had accidentally swallowed one of the rolled up bits of magazine paper. He had won the competition but was a little reluctant for February's match. Occasionally he had flashbacks of the ball stuck on the hanging thing in the back of his throat. It was traumatizing.

"We're making balls to spit at Lauren and Samantha," said Raúl.

Poor Raúl, even his spit balls weren't as good as Johnny's. Raúl was such a nice kid. Wouldn't hurt a fly. But no matter how hard he tried, his little brother was always better than him at most things. Raúl had to study furiously to get good grades and practice endlessly to even make it onto the baseball team. Johnny was just a natural. Even still, the pair of brothers was best friends. Nothing could break them apart. Lance felt a little jealous of their bond. He wished he had a brother. Or even a sister. Johnny and Raúl were the closest things to siblings he had. He knew they would be cousins forever, but he hoped they would be friends just as long. Lance decided to join his cousins in their spit ball construction. Maybe if the girls got hit with a few flying balls of saliva they might loosen up a bit. Then again, they may not even notice, unless it interrupted their social media sessions.

Lance wound up being right about Operation Spit Ball. Lauren and Samantha were oblivious to the saturated bits of magazine paper stuck to the hair in the

back of their heads. It was sort of a letdown not getting a reaction out of them, but seeing them eat dinner
with their hair looking like poorly decorated Christ-
mas trees was even better. The trio of boys laughed
under their breath the entire time they stuffed food
into their mouths at the dinner table. Lance made sure
he had several helpings of food. It would be an entire
month before he would get to eat so much homemade
food at once without holding his breath to mask the
rancid sensations in his mouth. During García Sunday
Dinners, Lance was a squirrel getting ready for winter
hibernation.

Tía Michele and Mrs. García were carrying dessert
trays of giggly yellow custard called *flan* and little
pockets of deliciousness filled with guava and cheese
into the dining room. Then the front door opened. For
once, the room was quiet and Lance's worst night-
mare walked in the house.

"Don't act so happy to see us," Tío Kelvin scolded.

He strolled to the table with his boots scraping
against the wood floor. His leathery hands sounded
like a clap of thunder when he patted Lance's father
on the back. Manuel walked in behind him. Actually,
it was more like a waddle. He'd grown wider since
the last time Lance had seen him. And taller. If he
stuck a sewing needle in his belly, Lance was sure his
cousin would fly around the room deflating with a
whistling sound like a popped helium balloon. The
image made Lance chuckle for a moment, but when

his eyes met Manuel's he was a scared five-year-old boy all over again.

Mrs. García grabbed some extra chairs and added them to the table. "Please, come sit and join us. It's nice to see you both again. Would you like some dessert?"

"Yeah, why not?" said Uncle Kelvin.

Lance's family was filling their mouths with sweets and swilling coffee in order to avoid conversation with the newly arrived guest. Lance asked to be excused from the table. The sight of Manuel made his stomach do so many flips that he no longer wanted dessert. He said good night to his family and told them he needed to finish his homework before bedtime. That was a lie. The truth was he wanted to avoid his cousin at all cost.

In his room, Lance turned on his Xbox and started up his last saved game of *Dance Mania*. He was almost at the professional level. The music had begun when the video game suddenly shut off.

"What the heck?" he gasped.

Behind him he heard a bubbly chuckle. It was Baby Lina. She had snuck into Lance's room and found the remote to the Xbox. Normally, Lance would be infuriated to have his video game shut down on him. He worked hard to reach his dance levels. The rhythm, the meticulous accuracy, those things took work! But Lina looked so cute. She sat there in a pink jogging suit with her hair in perfect pigtails. Her gummy smile revealed four teeth, and her big brown eyes nearly disappeared when she grinned. She had the face of a cheesing bunny rabbit. Lance couldn't be mad at such a cute expression.

"It's okay, Lina," said Lance. He took the remote from her and held her hand. "Do you want to dance?"

"Dance," she answered.

Lance fired up the Xbox and started up *Dance Mania*. Together he and Baby Lina danced and laughed. Lance did a chicken dance and other ridiculously silly moves. Lina giggled hysterically and tried to mimic her older cousin. They were both getting all the steps wrong and scored absolutely no points, but Lance was having the best time he'd had all weekend. Lance imagined Lina growing up and somebody bullying or picking on her the way Ryan and his friends were teasing Madeline. It made him very angry. Mister Malo had to help Madeline or anyone else who might need his help. And Lance had to learn to help himself against Manuel.

Suddenly, Lance's bedroom door swung open. "Oh, there she is," said Mr. García. "Come on, Lina. Say goodbye to Lance. You're going home now."

Lina gave Lance a hug and a kiss. "Bye-bye, Dance Lance."

Lance's heart filled with joy. "Bye-bye, my Lina."

Tío Michael came upstairs and carried Lina away. She was still doing the chicken dance. Lance's dad followed. Lance sat on the bed, preparing to redeem himself on the video game when his bedroom door opened once again. This time, it wasn't Lina. Manuel came in the room and shoved Lance off the bed and took the remote from him. Lance tumbled onto the floor but managed to break his fall by landing on his elbow and rolling.

"You probably suck at this game anyway," said Manuel. "Dancing around like a little girl. Do you have your Hello Kitty underwear on?"

Lance sat frozen in thought for a moment. He had made a promise to himself. He was not going to let Manuel win today. Lance would not cry and he would not back down. But what could he do? He would never beat him in a fight, so that was out of the question. But there was something that Lance was better at than Manuel. Thinking. Planning. Sympathizing.

"On second thought, I'm going to play this game, and you are going to dance like a ballerina," Manuel said. He laughed hysterically after processing what he had suggested. "Yeah, dances like a little ballerina, little girl!"

Lance was still frozen. He was still plotting his plan of attack. He saw Manuel's lips moving but heard nothing coming out. Lance was quickly brought back to reality when Manuel pushed himself off the bed and squatted down to Lance's level on the floor. He got only inches away from Lance's face with his own.

"I said, 'Dance like a ballerina,'" Manuel growled. "Unless you want me to wipe this floor with you."

Manuel was breathing heavily like a rabid dog. His breath smelled like raw onions and beef jerky, and there were little droplets of sweat forming on his nose and forehead. No matter how horrific Manuel looked or smelled, Lance would not be thrown off his course.

Manuel got a look of rage in his eyes and grabbed Lance's shirt collar, picking him off the floor and dangling him like a rag doll. Manuel's breathing was even quicker than it was before, and his eyes were wild with anger.

Lance didn't know if it was out of pure fear of what would happen if he didn't stay on course. He managed to stutter, "Is this the way your father acts?"

Lance felt Manuel's grip tighten on his shirt. He was having trouble catching his breath, and he was sure to have a mark on his neck, but he looked at Manuel straight in the eye and continued.

"I'm sorry if he acts like that with you. So, if it makes you feel better to grab me like that, well then go ahead. Wipe the floor with me."

The cousins looked at each other for a moment with only Manuel's breathing making the noise in the room. Then, Manuel put Lance down. He turned his back on him, sat on the bed and lowered his head.

"I'm the one beating you up. Why are you saying you're sorry?" asked Manuel.

Lance wasn't positive, but he was almost certain he heard a crack in Manuel's voice. Lance fixed his

shirt, took a deep breath and sat down next to his cousin.

"I *am* sorry. I'm sorry your dad says those things to you. I don't know what it's like to have a dad like that, but just because he acts that way doesn't mean you have to. Be better than him, and one day he'll see what it is to be a real man when he looks at you."

Manuel put his hands over his eyes. Lance thought he had gotten lint or a dust speck inside of them, but he soon realized what was going on. Manuel was crying. Lance couldn't believe what he was seeing. He had no clue Manuel was even capable of crying and many times doubted he had the necessary tear ducts to produce tears. Yet, here he was, trying to hide his sobbing on Lance's bed. Lance did the only thing he could think of. He put his arm around Manuel and gave him a hug. They sat in a hug lock for what seemed like an entire two-hour movie, understanding each other's feelings without saying a word. For the first time ever, their embrace was not during the struggle of a fight. It was also the first time someone was successfully taken off The Malísimos list.

After the tears had dried and the comforting was done, the cousins played video games . . . together. Judging from the lack of yelling and disagreements downstairs, it sounded like just maybe the adults were learning to get along, too. Two triumphs in one night. That deserved a big, loud García family "¡Salud!"

CHAPTER 4

THE PREPARATION

Almost a week later at 12:10 p.m., Oakland Elementary School's 3rd and 4th grade classes poured onto the playground's blacktop lot for recess. Lance had been watching Mister Malo's prey all week long. Pranking perfection was not achieved by impulsivity but rather by patience and synchronization. Now, the time for revenge had finally arrived.

Everyone was bundled in their winter gear and ready to battle the cold for some fun, playtime and (unfortunately for Madeline) some teasing.

Madeline tried to walk quickly past Ryan and his friends to get across the pavement unnoticed. Her coat hood was purposely covering her head as she stared at the ground and speed-walked, aiming to reach the far corner bench on the playground. Her hope to not be noticed was in vain, because she was the only girl in the fourth grade, and perhaps the entire school, who wore a multi-colored, polka-dotted fluffy coat. Gave her away every time.

As soon as Ryan, Quinn and Matt saw Madeline, the fart sounds began. Ryan made loud gas noises with his mouth as Quinn and Matt pretended to faint from the smell. Quinn put his palm toward his forehead and faked stumbling backward onto the ground. Matt put his hands around the front of his neck, the international sign for choking, as though the fart fumes were a deadly gas bringing him close to extinction. They all laughed endlessly.

Isabella held her nose with her pinky pointed high in the air and joined in yelling, "Fartalicious has arrived, everybody! Watch out!"

Everyone with ears turned around to stare and giggle. Fingers pointed, elbows knocked into each other to inform others of the spectacle. It was awful. Lance watched as Madeline ran by as fast as she could, trying to keep the tears from rolling down her face and becoming mini ice cubes. Lance wanted so badly to stand up to those bullies. He wanted to walk right over and punch in them in the face or kick them in their shins for the pain they had caused Madeline. She wasn't a mean girl or a terrible person. In fact, she was one of the nicest, quietest people Lance knew. Madeline would never try to hurt anyone, and he found it beyond unfair that a bunch of jerks would feel better about themselves by making a harmless girl feel so badly about herself. All she probably wanted was to be liked or noticed for something other than horrid bodily gases. What Madeline needed was a friend. A

voice. She needed help, but Lance knew violence wasn't the answer. A simple hug like he had given Manuel wasn't the solution either. Revenge was, and *Mister Malo* was going to be Madeline's secret friend. He wouldn't let her be embarrassed anymore, fruit snacks or not. If he could stand up to Manuel, he could stand up for Madeline, too.

Sorry, Isabella, but you're going down, thought Lance.

Lance's best friends, Charlie and Max, walked over while he sat on a bench with his hands buried in his pockets, observing what poor Madeline had to go through during recess.

"Lance, you're not gonna believe what I found," said Max. He pulled from his large, blue coat a rather flat, oval-shaped bone with a hole in it. "I found it in my backyard when I was doing an excavation. We have to inspect it with a magnifying glass."

Lance could tell Max was excited, because his right eye was twitching slightly, and he was pushing up his glasses more times than he needed to. Typical Max. Without the few best friends he had, Max might've also ended up being bullied and teased in school. He had flaming red hair and freckles that covered his face so immensely, it looked like they had become his new skin. Max was also a little plump around the edges. He often had muffin tops sagging over the waistbands of his pants, and his sneakers always somehow managed to get untied, which was dangerous in gym class. During volleyball or kickball, Max had tripped over his shoelaces endless times, sending his massive fire-breathing head down toward the floor and his glasses finding themselves halfway across the gym by the bleachers. That was when he wasn't getting hit in the head by the ball as he cringed to protect himself from the impact. All those things combined made him an easy target to get picked on. Fortunately for Max, Lance and their friend Charlie were bros for life. And nobody messed with Charlie.

"Dino Dan over here thinks he found a T. Rex fossil," chuckled Charlie.

Lance watched as the breath of Charlie's laugh created puffy clouds in the crisp February air. Charlie was the kind of kid that would spit slowly in the winter to see if his saliva would create a frozen stream in the air before hitting the ground. He was lean and strong without being too big. Charlie was the youngest of four brothers, so he knew how to hold his ground, which was why nobody ever messed with him. If they did, they might get an elbow to the gut. Charlie wasn't a fan of school so his main objective was to get in and out as fast as possible while playfully messing with his boys throughout the day.

"Not a T. Rex!" corrected Max. "A Hadrosaurus Foulkii. It's New Jersey's very own dinosaur. And judging by the size of this, I think it might be part of a skull."

Max examined the bone through his thick, silver-rimmed glasses. His eyes were glued to every part of the bone, as if it were some sort of sunken pirate treasure.

Charlie rolled his eyes and slapped himself in the forehead with his palm. "Lance, are you listening to this?"

Lance tried to look interested, but all he could do was think about his next move and about how hard Charlie had hit himself on the forehead. That must've hurt, but Charlie didn't seem to feel a thing. Maybe he had nerve damage from constantly getting into scuffles with his brothers.

"Sorry, guys. I'd love to dissect the Hadrosarous skull, but I have to use the bathroom."

Lance buried his face into his scarf and began to scurry away from his friends towards the lunch aides by the school doors. They all huddled together, gossiping like they always did. Sometimes they even talked about the students themselves. If anyone wanted to know about any rumor in school, all they needed to do was stand around the lunch aides on the playground long enough to get the information they needed.

"It's Hadrosaurus!" yelled Max.

Lance had no time for practicing dinosaur names. It was **Malo** Time.

Mister Malo grabbed tightly onto his wooden hall pass with one hand and hid the soda can he tucked into his coat pocket with the other. His black scarf covered his mouth and his **muy malo** spy sunglasses shielded his eyes as he watched his back. He did the international pee pee dance in front of the lunch aides and begged to use the bathroom. Worked like a charm. Nobody wants a kid peeing on the playground in the cold. Mister Malo wondered what would happen if someone actually had an accident on the playground during the winter. Would it freeze instantly? Maybe make a little yellow ice skating rink for the occasional animal that had awoken early from hibernation? Never mind that kind of thought, he had work to do.

After walking by Mrs. Ferrara's classroom to make sure no one was there, Mister Malo snuck inside. He went through the lunch bags in a big plastic container by the teacher's desk. Lance had to watch out not to bump into anything on top of Mrs. Ferrara's desk. It was a total mess, with stacks of papers and classroom materials heaving over the sides. Any other teacher might not notice if something was moved, but Mrs. Ferrara would notice a misplaced pen in a pile of garbage. She thrived in organized chaos, which seemed to be the reason her entire classroom looked like a tornado had rampaged through it. The bookshelves were filled with ripped books, some missing their binding, all shoving one another for a space on the overcrowded shelves. The kids' desks looked no better, with papers and pencils protruding out of the sides. The more Lance looked around, the more grateful he was to be a student in Mrs. Lombardi's class.

It didn't take too long before he found Isabella's lunchbox. That's probably because it was a One Direction lunch bag with her name sewn on it in big white capital letters.

"This is too easy," Mister Malo whispered to himself.

He carefully took out the soda can from his pocket. If someone found him with soda in school, he would get in major trouble. Soda was forbidden at Oakland Elementary. But who could possibly turn away from a soda that was glaring right at them? Definitely not Mister Malo. He stared at the can for a second. So cold. So red. So . . . bubbly. Before his finger could pop the lid from the stolen soda can he had gotten from his father's junk drawer, Mister Malo snapped out of his soda spell and reminded himself of his mission. He needed to make sure each part of his prank was completed properly. There was zero margin for error.

There wasn't much time left. Only five minutes more and all the kids on the playground would be coming inside for lunch. Some would go straight to the cafeteria and some, like Isabella, would stop on the way to pick up their lunch bags. So, Mister Malo did the only thing there was left to do. He danced.

The soda can was his drumstick as Mister Malo banged imaginary drums and cymbals. He strummed the soda guitar as he jumped up and down to the rock and roll song in his head. The can shook like a maraca for the Spanish song that played next. Once it seemed like the can could burst from the inside, **Mister Malo** put it in Isabella's lunch box with a note his mother had written him. She had placed it next to a plate of burnt chocolate chip cookies she had baked for him the day before. He was sure Isabella would think her mother had written it and stuck it in her bag next to the soda. The note read:

A sweet treat for my sweetie. I hope you like it!

"Yeah, Isabella," said **Mister Malo**. "I hope you like it!"

He smiled as he headed out of Mrs. Ferrara's classroom. Down the hall he could hear the growling stomachs of the third and fourth graders getting closer. In just a few minutes, Mount Cola would be erupting on Isabella's face. With some luck, it might go right up her nostrils and into the nose she held so tightly when making fun of Madeline.

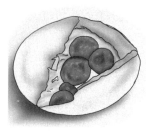

CHAPTER 5
MALO MANIA

Charlie, Max and Lance placed their plastic lunch trays down on the cafeteria table. It was the best lunch day of the week. Oakland Elementary was a healthy choice school, but on Fridays the students had the option of some of their favorite foods: cheese pizza (with or without pepperoni); macaroni and cheese; mixed greens salad (which barely anybody ate); chocolate chip cookies; tapioca pudding and chocolate vanilla swirl ice cream cups. Max dug into his macaroni and cheese like a starving carnivorous reptile and washed it down occasionally with a carton of low-fat chocolate milk.

"Dude, why don't you ever eat pizza on Fridays?" Charlie asked. "What's with you and macaroni and cheese?"

Charlie pulled apart his pizza slices, causing a long string of mozzarella to stretch to its full capacity. He kept pulling to see how far it would go. Lance thought it was about a foot and a half.

"Macaroni and cheese is a classic American meal," answered Max with a mouth full of chewed pasta. "Besides, I don't like pizza."

"What?! You don't like pizza?! What kind of kid are you? Are you even human?" Charlie shrieked. His hands were holding his head full of shaggy, dirty blonde hair, trying to keep his brain from being catapulted out of his skull from the shock of what Max had just said.

Lance had hardly been paying attention to his friends. He was staring at Isabella, who was waiting for her sidekicks before she opened her lunchbox. But to hear Max say he didn't like pizza broke Lance's concentration.

"Max, how is it possible not to like pizza?" Lance challenged. "It's the perfect meal. You have your dough, which is like the bread or grains or whatever on the food pyramid. The cheese, which is from the dairy group. And then the tomato sauce, well, that counts as a vegetable!"

"And if you get pepperoni, that's in the meat group," added Charlie with a finger in the air. His teeth ripped apart his pepperoni pizza slice. "Look, I'm a Hadrosaurus Funky. Roaaarrrr!" Charlie's free hand made dinosaur talons that clawed through the air toward Max.

"It's Hadrosaurus Foulkii!" yelled Max. His hands batted the air in frustration.

Lance and Charlie laughed. Max was getting irri-
tated. He started pushing up his glasses and his eye
began twitching again.

Lance was so distracted with the food debate at his
table; he almost hadn't noticed Isabella hiding her
soda can behind the lid of her lunchbox. He quickly
caught on and focused attention on the target.

"Is that soda?" yelled Isabella's friend Catherine,
pointing with neon-colored fingernails at Isabella's
secret drink.

"Shut up!" whispered Isabella. "Just be quiet. We
can share it." Her head was low and the blue eyes she
often used to bat herself out of trouble were now
scanning the room for teachers and school staff.

Isabella's friends smiled and covered their mouths
in excitement, waiting for her to open the can of fizzy
goodness. Headbands jiggled and bouncy hair quivered with anticipation.

Then it happened. Isabella's fiery red can exploded. A volcano full of brown lava burst all over Isabella
and her friends. Some flew into the air, splashing Ryan
and his friends at the table next to her. Isabella could
feel her face turn as red as her soda can. Her drink
had made a mess. She was beyond embarrassed.
Mister Malo's prank was going exactly as planned.

"What was that?" yelled Ryan, wiping his gel-
spiked hair.

Isabella sat in shock, unable to speak.

"It was soda!" yelled Quinn. His brown eyes widened and turned directly toward Isabella's table.

Isabella's friends slowly wiped off the sticky drink from their sleeves and lunches. "What were you thinking?" said one of her friends. "Now look what you did!"

Isabella still couldn't move. She just stared at the can in her hands, which was now foaming onto the white table and drenching everything in its way.

The cafeteria got quiet, only for a second. Lance glued his eyes to Isabella's table, but never imagined what he would see next. A piece of half-eaten cheese pizza flew through the air from Ryan's table and landed on Isabella's, spilling apple juice on one of her friend's lunch trays. The boys laughed and gave each other high fives for their great aim. All of Isabella's friends let out a shriek of disgust, except for her friend Lola. She got up, angry at her sticky hair and the boys, and threw her mixed greens salad with ranch dressing back at their table. Ryan's table was covered in silence, surprise and gobs of creamy salad dressing. Everyone in the cafeteria looked around at one another.

"Food fight!" yelled Charlie. He jumped onto his chair and incited a brawl by hurling Max's opened chocolate milk into the air.

Lance's eyes became the size of miniature golf balls. Within seconds, the Oakland Elementary School cafeteria was a combat zone. Tapioca pudding bombs blasted from every direction, detonating

explosions wherever they landed. Boomerangs of pepperoni pizza cut through the air, slapping anyone in their path with congealing cheese and soggy crusts. Ice cream torpedoes were launched from the corners of the room by lunch tray catapults. Apple juice grenades doused anyone who dared to try and save themselves from being targets. The sound of the lunch aides' whistles begged for peace, but it wasn't enough to stop the war. It was total bedlam.

Lance used his lunch tray as a shield against the flying food. He scanned the room for Madeline. When he spotted her, she was smiling, covered in macaroni and cheese, throwing her lunch around. Lance was happy. He was right. All she needed was a friend and a little laughter. Mister Malo had another satisfied customer.

It seemed nothing would stop the food fight until Principal Quiles stormed into the cafeteria and shouted, "The next person who throws another piece of food is getting detention!"

Just like that, the food fight was over. The only thing that moved was the macaroni and cheese and pudding dripping off people's hair and clothing.

"Who started this?" Mr. Quiles demanded, folding his arms in his a striped buttoned-down business shirt.

An ocean of dirty fingers pointed at Isabella. She stood in what was once a cashmere pink sweater and khaki pants. She was in shock, her chest rising and sinking a mile a minute.

"Let's go, Miss Santos," said Mr. Quiles. His hands motioned toward the doorway. "To my office."

Isabella grabbed her filthy lunchbox dripping with soda and whatever else had splattered on it. She protested as she walked towards the principal.

"But I didn't do anything! I didn't start the fight! My soda accidentally exploded. I didn't throw anything!"

"Oh, so you had a soda," Mr. Quiles said, his tall, lean figure looming in the entryway, waiting to escort her to his office. "You know soda is not allowed at school."

"My mother put it in my bag. It's not my fault!"

"I highly doubt your mother would send you to school with soda," said Mr. Quiles.

It was then that Isabella realized what had happened. It wasn't her mother who put the soda in her bag. Come to think of it, the note wasn't even in her mother's handwriting. It must have been . . .

"MALLLOOOOO!" Isabella shrieked. "It was Malo, Mr. Quiles!" She stomped her foot in anger and placed her hands on her hips.

"Yes, what you did was *muy malo*. I'm glad you're paying attention in Spanish class, Miss Santos. Now let's go to my office and call your parents. Maybe that will help you pay attention to our school rules."

Mr. Quiles glared at the astonished, frozen crowd that was now whispering about the potential involvement of the Oakland Elementary vigilante, Mister Malo.

"Every student in this cafeteria will spend the rest of the school day cleaning up this mess," the principal said.

An enormous flood of groaning and whining whooshed its way through the cafeteria.

"I want the cafeteria returned to the manner in which you found it. The janitorial staff will be here momentarily with supplies. May this serve as a lesson to you all."

On the way to the principal's office, Isabella tried to explain to Mr. Quiles who Mister Malo was. She pleaded, sobbed, claimed she had evidence, but it was of no use. She had become another victim of his shameless shenanigans.

CHAPTER 6
CHANGE OF PLANS

Lance waited for the school bell to ring. He glared at the clock while its two hands crawled around in a neverending circle. Just a few more minutes and school was out for the weekend. Aside from having no school for two days, Lance was particularly excited for his usual Friday movie night because Charlie and Max would be joining him. They were going to sleep over at Lance's house. There would be food, laughs, movies and, unfortunately, planning a presentation for Monday's Healthy Habits Hallway.

The Healthy Habits Hallway was a party and simultaneous competition of the fourth-grade classes. Each class was broken down into three- or four-person teams, and each team had to come up with hallway posters that illustrated ways to keep bodies healthy and functioning properly. Blah, blah, blah. The only good part was the winning team got to host a theme day for the whole grade based on their winning project. The Oakland Elementary School fifth graders would choose the winners by voting for their favorite.

Lance knew he and his friends probably wouldn't win. They weren't exactly the poster board type. Lance lived off candy, take out, canned foods and his mom's botched meal attempts. Charlie was a major junk food lover who survived on anything salty or greasy. His definition of a serving of vegetables was a cup of microwaved buttered popcorn. Max, well, he ate healthy foods but he also ate anything else that he could fit in his stomach. He was a human garbage disposal, which couldn't possibly be a good thing. Lance and his friends may not have a had a very good chance at winning the Healthy Habits Hallway competition, considering their lifestyles. But preparing for a very important project was a good way to coax their parents into a last-minute sleepover.

Lance looked out the window of his classroom at the seemingly Antarctic landscape outside. Why was it always so cold in the winter? Even the sun hated winter. It rose late and departed early. Smart star. How were students expected to function in such wretched weather conditions? Speaking of terrible weather, freezing rain was falling outside. He had forgotten his umbrella. No umbrella in February's freezing rain is definitely not a good way to start the weekend. Then again, neither was smelling like a putrid, muggy garbage can after the lunch time food fight. Lance's curly brown hair had been matted with a mixture of cheese and ice cream. He had caked pudding on his fingernails, and the clothing he was wearing might as well have been labeled with a biohazard sign. Whatever. It was worth it. The bell rang. Lance bolted out of the door and into the hallway. So did the rest of Oakland Elementary. In the hall, Lance chatted with his friends about how much fun they were going to have late that night.

"Have we decided what we're doing our project on, guys?" Max asked. He was holding his spiral bound notebook and a black ink pen, ready to take notes on their plan.

"Put that thing away, man," Charlie ordered. "It's Friday. Do you always have to worry about schoolwork? It's our weekend, for God's sake. Chill."

"Charlie, we can't chill!" said Max, arming himself for note-taking again. "I can't afford a bad grade on this assignment. If I get any Cs this marking period, my parents won't let me go to Field Station Dinosaur for Spring season's opening day."

Charlie tilted his head back, looked at the ceiling and closed his eyes. This often happened with Charlie and Max. They rarely saw eye to eye, but for some reason they got along famously when it wasn't time to focus on school. Lance was usually the mediator when it came to academic obligations.

"Okay, so, here's the deal," Lance said, widening his stance and bringing the trio into a huddle. "Max, you try to find the common denominator among us three. What do all of us do to keep our bodies healthy? Charlie, you ask your older brothers who was it that won the contest when they were in fourth grade. See if we can find any similarities between the winners and piggyback off some of their ideas, in case we can't come up with our own."

Max was taking diligent notes as Lance spoke. "Lance, can you repeat that one more time? I got a little lost after you said what I was supposed to do. I'm trying to write this down word for word."

Lance sighed and slowed his speech as he repeated Charlie's tasks to Max so he could write them down. Charlie began to play a new Angry Birds app on his iPhone. He technically wasn't supposed to have the phone in school, but Charlie wasn't big on following technicalities.

"And what are you gonna do, Captain García?" asked Charlie, still staring at his game.

"I'm going to prepare an awesome slumber lair so we can be up all night," answered Lance.

"That's the smartest thing you've said so far," said Charlie.

Lance checked his watch and noticed it was getting late. He needed to get home to prepare for the festivities.

"All right, guys, I'm out. See you at 6," said Lance.

"Bye, guys," said Max.

"See ya," said Charlie.

Max didn't notice Charlie swiping the pen out of his notebook binder as he walked away. Charlie didn't need the pen but he knew Max would go crazy looking for it later. He'd give it back at Lance's, just to mess with him.

Lance started speed walking out of the school doors, when he saw a wet, bundled up student sitting on the steps. He guessed she had forgotten her umbrella, too. What was that whimpering sound? Was she crying? Lance slowed his pace to see who it was. He crouched down on the stairs and looked at a familiar face.

"Isabella? What are you doing out here in the freezing rain?"

Isabella wiped her dripping tears and nose with her coat sleeve. If Lance had a tissue, he would have given her one. It was kind of vile and very un-Isabella like.

"I'm waiting for my mom to pick me up," sobbed Isabella. "I'd rather be out here in the rain than inside the office with Mr. Quiles. He's so unfair! That wasn't even my soda in the cafeteria today. It was all their fault for throwing the food!" she said, pointing at Ryan and his friends, who were now accompanied by a few girls, laughing and making farting sounds at Madeline as she rushed away.

Lance looked at Isabella and noticed something he hadn't before. Her long, black hair was starting to curl in the rain. Isabella must've had curly hair, too. For

some reason, it was always straight and flat when she came to school. She must've spent hours straightening her hair every day, like Lance's mom sometimes did on special occasions. Lance didn't understand why Isabella would do that. She looked so much prettier with her curly hair. He had a feeling Isabella wasn't as mean as she seemed. If she would just be herself instead of trying to be the most popular girl all the time, maybe people would like her for who she really was and not who she was pretending to be.

At that moment, Isabella's mom pulled up in her fancy two-door sports car to the front of the school and got out. Her face was beet red. Lance couldn't tell if it was from the cold or anger.

"Get into this car NOW!" Isabella's mom yelled, opening the passenger door.

Isabella stood up and bowed her head.

"Bye, Lance," she whispered.

"And you can forget about gymnastics practice this weekend, because you're GROUNDED!"

"But, Mom!" protested Isabella.

"Not another word, young lady!"

As they drove away, Lance wondered if it was rain or tears trailing behind Isabella's car. Something unexpectedly occurred to him. Mister Malo had fixed Madeline's problem by pranking Isabella, but the issue hadn't been taken care of. Madeline was still being teased and Isabella was in deep trouble for something she didn't even do. Lance thought back to how he got

Manuel to stop bullying him. It wasn't enough to fix the bullying problem by leaving the dinner table. In order to get the bullying to end, he had to address the deeper issue going on with Manuel. Lance was not going to give up on Madeline. He wasn't sure how, but he had to pick up where Mister Malo had left off. There were issues to fix. PRONTO!

CHAPTER 7
PRICKLY PEOPLE

When Lance got home from school, he didn't bother going inside. He went straight to the backyard and into the Lego Lair. His after school encounter with Isabella left him at a crossroads. Mister Malo's prank might've put a smile on Madeline's face, but it also pointed out some major flaws in his technique. Charlie and Max were coming over soon. There was plenty to do. But first, Lance needed to clear his head. The Lego Lair would definitely help.

Building was something Lance had always loved to do. Since he was a little boy, he would make castles and other structures from blocks and Legos. Without any brothers or sisters to play with, construction occupied his imagination with new worlds and endless possibilities. He had come a long way from the rainbow-colored Lego Duplo sets of his amateur days. Even the Lego model sets labeled "ages 7-12" seemed too easy for him and not creative enough.

Lance crossed the backyard, squishing mushy grass under his feet as he approached the old, decrepit shed sitting on the far end. With a lift of a rusted metal bar and a good shove against the creaky wooden door, Lance entered his lair. Inside the shed was a sea of beige, white and black miniature blocks, interlocking to construct some of the most well-known architectural marvels of the world. They were assembled on a huge wooden table that once had supported someone's train set. Mr. García had cleared off the trains and tracks, leaving a large, open land-scape for Lance's Lego Architecture Sets. The Lego Lair now housed the iconic Empire State Building, Big Ben, the Eiffel Tower, the Leaning Tower of Pisa, the White House and even the Seattle Space Needle. In the corner was Lance's most difficult project yet: Fallingwater. It was a replica of an old house built over a waterfall by the USA's most famous architect ever, Frank Lloyd Wright. Lance was still working on it. It had 816 pieces and was labeled "ages 16+." Right up Lance's alley.

He knelt down to look eye to eye at his unfinished masterpiece. He imagined a shrunken version of himself in the middle of his Lego Lair world, staring at the buildings all around him. One day, he was sure he'd build just as many awesome things in real life. For now, he would practice with his models. Lance squinted his eyes, concentrating on the Fallingwater picture on the Lego box. Lance never read the instructions. He just eyeballed it. His mind had begun escaping the whirling confusion of the day, when the shed door creaked open.

"There you are. I thought I saw you come through the backyard," Mrs. García said, walking in and shaking the freezing rain off of her hood. Her rubber boots stomped on the floor as she made her way over to Lance.

"How was your day?"

"Fine."

"Fine? That's it? No hug for me?"

"I'm kind of in a zone right now," said Lance, never taking his eyes off Fallingwater.

"In a zone, huh? You're starting to sound like your father."

Lance realized she was right. "You know what I mean. I've got to finish this model."

"What's wrong?"

"Nothing's wrong. I'm fine," Lance grunted as he tried to connect the clear Lego pieces in the set in order to create the cascading effect of water.

It just wouldn't work. Lance tried again. And again. He got so frustrated. Frustrated with the Legos, frustrated with Isabella, frustrated with Mister Malo and, most of all, frustrated with himself. He threw the Legos across the room and plopped down on the floor with his legs crossed.

"Okay, two 'fines,' no hug and throwing Legos," Mrs. García said as she sat down next to him and put her arm around her son. His face was resting on his palms, and his elbows were pressing against folded legs. "Spill the *frijoles*."

"It's just . . . " Lance paused. There was no way he could spill *all* the beans. He couldn't tell her everything. Nobody could know about Mister Malo, but his mom was the absolute best advice giver on earth. It could be really irritating sometimes since she was never usually wrong. He needed a way to explain his troubles without letting her know too much.

"It's just, see, there's this girl in school."

"Ugh, I didn't think we would be talking about girls already. You know, Lance . . . "

"No, no, no, it's not like that."

"Oh, thank goodness." Mrs. García sighed a breath of relief and put her hand to her chest. "You can go on."

"Okay, so, there's this girl in my class. She's unpopular. Like really unpopular. And these boys keep teasing her on the playground. The most popular girl in school always joins in. Well, today, that popular girl, she got in deep trouble for something she didn't do. At first I was happy about it, because it seemed like she deserved it. But afterward, I saw her, and she was so upset, just like the unpopular girl was when she was being teased."

"Does this unpopular girl have a name?"

"Madeline."

"So, what's bothering you about Madeline being made fun of?"

"It's just not fair. Why would somebody tease someone else when they don't like it done to them?"

Mrs. García straightened up and smiled. "Aaaah, good old Golden Rule."

"What's that?" asked Lance. He hoped she would have something straightforward to say and not some type of riddle he had to figure out.

"It's a really old saying. It basically means you should treat other people the way you would want them to treat you."

"Yeah, well, not everybody does that," said Lance. He had begun picking up his Lego pieces off the shed floor.

"You're right. They don't. And sometimes they won't."

"That sucks," said Lance.

"Yeah, it does suck. But it sounds to me like this popular girl and these bullies may not be bad kids. Maybe they just need to find something that connects them to Madeline. Or maybe Madeline intimidates them."

Obviously, Mrs. García had never seen Madeline. She was the least intimidating person in Mrs. Lombardi's class, potentially the entire fourth grade and quite possibly all of Oakland Elementary. Lance was beginning to think this was one of the rare times his mom could be wrong about something besides her cooking.

"Uh, no, I don't think Madeline's intimidating any-one," Lance said, shaking his head and raising his eyebrows.

"Oh, no?"

"Definitely not," assured Lance.

"Would you say Madeline is smart?"

"Super smart."

"Would you say she's smarter than the kids who tease her?"

"Oh, yeah."

Lance thought about Ryan and his friends. He was sure if he blew air into one of Ryan's ears, it would come right out the other one. There wasn't much in his head to get in the way. Isabella, well, she could be smart if she stopped looking at her reflection every time she got a chance and started looking at a book.

"Bingo," said Mrs. García. She was now on her feet, walking around like she was on to something. "Madeline's being teased because she's very smart and, from what it seems, she's quiet. These kids are not tough, trust me. They're putting on a show. If you want that show to end, you have to think outside the box."

Lance suspected his mom might be onto some-thing. She might even be a good sidekick. But Mister Malo worked alone. No time for group work.

"So, what are you saying I should do?"

"Get up," said Mrs. García. "I want to show you something."

She helped Lance up from the floor, and together they walked out of the Lego Lair and into the basement from the back door of the house.

Lance didn't usually go into the basement for two reasons. One: it's where Lance's mom did laundry, and there was no way he wanted anything to do with that. Two: it's where his mom's darkroom was. She worked on all her photography projects in there. Inside were sinks where she kept solutions to develop her pictures and clotheslines for them to be hung dry. She had always said not many people developed pictures this way anymore because it was old-fashioned. Nowadays, people used computers and did "fancy stuff." But Mrs. García wasn't much into computers or technology. Her definition of a smartphone was anything with caller ID. Lance thought his mom took the most beautiful pictures. Details he had never even noticed about the simplest things stood out whenever he looked at one of her prints. She didn't always have much time to spend in her darkroom between working at the portrait studio in the mall and taking care of Casa García, but when she did, she was at her happiest.

Lance was relieved when his mom walked him past the laundry room and into her darkroom. They went through a revolving door and into a room with barely any initial visibility. In a few moments, Lance's eyes adjusted. Some red light shone, which helped Lance look around at the slew of hanging pictures. There were lots of frames of the snow-covered landscape and icicles hanging from trees. His mom could've made a winter wonderland book with all the pictures she had taken. Lance walked around the room. He noticed some pictures of him building a snowman and others of him and his father in a snowball fight.

"I didn't know you took these pictures," said Lance. "You weren't even outside."

"I've always got my eyes on you, even when I'm not next to you. I also have really good zoom on my camera."

Next, Mrs. García pulled out an album full of pictures she had taken in a botanical garden. She flipped through them until she got to a picture of a rose. She placed the rose picture next to some of daisies and lilies.

"Tell me what you see here," she said.

"Flowers."

"Okay, let me be more specific. What's different about the rose?"

Lance looked closely at the pictures. He could see everything about the flowers under the red light. The different shades on the petals, pollen laying on them waiting to be collected by bees or butterflies. They were all stunning flowers, but the rose was different.

"Uh, it has thorns?" asked Lance.

"Exactly! It has thorns."

Lance wondered what flowers and thorns had to do with Madeline. He also wondered what time it

was. His friends were coming over soon. There wasn't much time to spare on old spring pictures.

"Mom, no offense, but what does this have to do with anything?"

"You see, every flower is a flower. They have petals, stems, the works. But not every flower has thorns."

"Maybe it's trying to protect itself." Lance really wished his mom would get to the point. He didn't have time for a botany lesson.

"Or maybe it's scared. Maybe the very first rose ever in the history of floral existence was damaged or hurt in some way, and from then on it developed thorns to protect itself from being hurt or vulnerable again. Flowers aren't so different from people. We all have the same parts making us up, but we all have a different story. Some of us develop thorns that might hurt other people, kind of like those kids who are teasing Madeline. Something must be bothering them, because inside, they're just kids. Just like this rose. It might look scary to hold, but it's still a rose. You just have to figure out the smartest way to come into contact with it. If you're clever enough, you can even get it to coexist in the same vase with other flowers without cutting yourself or damaging the others."

Lance's mental darkroom was no longer so dark. Mrs. García had turned on the light. Ryan, his friends, Isabella, they were no different from Manuel. They were just acting tough. Inside, they were fourth graders with their own stories. Mister Malo had put a bandage on the cut Madeline was receiving from coming into contact with roses. Now it was up to Lance to take their thorns off. He gave his mother a hug and a kiss and walked to the revolving door.

"Where are you going?" she asked.

"Gonna go figure out how to deal with prickly people. After my slumber party."

"Take a shower first," his mom said as she put away her photo album. "You reek."

CHAPTER 8

FRANKS AND BEANS

Lance listened to his mom and hopped into the bathroom right away. Being splattered with half-eaten lunches left his pores desperate for some soap and water. After a nice, long shower, Lance put on his favorite flannel pajama set, extra-fuzzy monster slippers and fluffy red robe. He combed back his thick, curly brown hair and smiled at himself in the mirror. His teeth were little white squares, perfectly aligned next to one another. Even though he ate a lot of candy, Lance took his dental health very seriously. He flossed twice a day and brushed three times.

Lance walked downstairs to make sure everything was in order for his friends' arrival. He had plenty of potato chips for Charlie, cookies and cake for Max and bags of Skittles and Starburst for himself. He planned on ordering a gazillion pizza pies for dinner and some garlic knots. Everything seemed to be going smoothly until there was one giant hiccup.

"Mooooommmmm? What are you doing?" Lance scurried over to his mom, who was leaning into the stove as though she was trying to cook something again.

"Mmmmmm, you smell of antibacterial cleanliness. That's better. I'm making dinner for you and your friends. You can't have a sleepover and plan your school project without a good meal," she said, practically singing with excitement as she stirred some sort of potion in a saucepan. "I'm making franks and beans."

"Franks and beans? Franks and beans?! We don't want to eat hot dogs and canned beans. That's not sleepover food. That's camping food!"

Mrs. García shot him "the look" from the corner of her eyes. He stayed quiet. They'd just take a few bites and escape upstairs to order the pizzas on Charlie's cellphone. Besides, he had loads of munchies stashed under his bed, including Madeline's huge box of fruit snacks. They'd be fine.

At dinner, Mrs. García smiled proudly as she went around the table serving everyone plates of brown food. Brown hot dogs. Brown beans. Some sort of brown sauce or liquid that radiated a weird smell. The three guys stared quietly. Lance cringed. Mr. García sighed. Charlie gulped, and Max salivated.

"This looks like poop," said Lance, rubbing between his eyes.

"Nonsense! Thank you, Mrs. García. This looks great," said Max as he dug into his plate. Some of the food met the napkin on his lap before reaching his mouth.

"Yeah, it's . . . so . . . nutritious," said Charlie. He chased the food around with his fork and took a few bites, gagging in between.

Lance and his dad did the old chew and spit into napkin routine.

"What is this aromatic flavor I'm getting in the beans?" asked Max. "It's spicy yet comforting. Extremely familiar."

Lance rolled his eyes and shook his head slowly. Why was Max always so polite and politically correct?

"It's not comforting. It's nauseating. Mom, seriously, what did you put in this? How is it possible to mess up canned food?!"

"Oh, Lance. You have to put your own spin on things, even if they come from a can." Mrs. García turned toward Max with a cheese smile. "I added cinnamon and cumin, Max. Your taste buds are very perceptive."

"Of course! Cinnamon. Very creative, Mrs. García," said Max.

Mrs. García and Max clinked their forks together as though they were celebrating a victory in a spice trivia game. While they cheered with their silverware, Lance and his father showed Charlie the old napkin to mouth trick. Lance was sure Charlie was grateful, given the enormous face of relief he showed once the cinnamon and cumin mixture was out of his mouth. After the painful franks and beans, the boys retreated to Lance's room.

"Dude, do you have to eat like this every day? No offense, bro, but your mom's food is gross!" said Charlie. He shook his head as he had flashbacks of the wretched things he had just put in his mouth.

"Now you know why I like candy so much," Lance explained.

"I don't know what you're talking about. It was fantastic. I love franks and beans," announced Max. His stomach mumbled something in response.

"Yeah, but your stomach doesn't," said Charlie.

A loud ripping sound thundered in the room. Max's face stiffened in shock. He had no idea his gas would make so much noise. He planned on it being silent but deadly, not a carpet bomb. They all laughed so hard, they curled over sideways and backwards. Nobody knew if their stomachs were hurting from laughter or from dinner making its way through their digestive tracts.

"Do beans really make you fart?" asked Lance, half giggling and wiping tears from his eyes.

"There are lots of foods that make you gassy, actually. Beans, broccoli, leafy greens. It's all a normal part of the digestive process. My dad sang me a song about beans once," said Max. *"Beans, beans. They're good for your heart. The more you eat, the more you* fart. *The more you fart, the better your feel. So, eat your beans with every meal."*

Charlie and Lance stared at Max in awkward silence.

"Don't ever sing that song again out loud. Ever," suggested Charlie.

"That's it!" yelled Lance. All the farting and gassy foods talk had started the engines in his brain. He had come up with a way to win the Healthy Habits Hall-way Competition AND solve the issue Mister Malo hadn't. "Our project can be about how eating healthy foods can sometimes make you fart and how farting is a totally normal, healthy thing everyone does. We'll win the contest and nobody will tease Madeline about farting anymore!"

"What does this have to do with Madeline?" asked Max.

"Uh, nothing, I'm just saying." Darn it, he'd slipped. "We'll call it . . . FARTALICIOUS!"

The room was hushed for a moment until Max let another fart rip. "I'm sorry, guys. Those franks and beans must have been organic. They're really potent." An earthquake of laughter followed.

"I love it! Lance, seriously, you're a genius. I've never been so excited for a school assignment in my whole entire life!" said Charlie. He gave Lance a high five.

"Revolting, yes. Inappropriate, perhaps. But totally biologically valid. I'm in," agreed Max.

Judging by the grumbles everyone could hear, so did the semi-digested franks and beans in Max's stomach.

As the boys brainstormed on how they would present their project, Lance's parents came in to say goodnight.

"Working hard I see," grinned Mrs. García. "Good job. Ugh, what's that smell?" She sniffed around the air like a bloodhound trying to find the origin of the stench killing her nostrils.

"*Perfume de Frank and Beans,*" said Lance, working on his project outline.

Lance's mom waved her hand in front of her face to fan away the *Perfume de Frank and Beans.* "It's very . . . earthy. Don't stay up too late. Even Einstein rested."

"Who?" asked Charlie. He looked at Mrs. Garcia in wonder and squinted his eyes as the name scanned through his brain for some trace of recognition.

Max rolled his eyes. "Are you serious?"

"I'm gonna see if I can help the kids out with their work, you know, since I'm such a huge health buff," said Mr. García. He had a very serious face.

Lance's mom let out an involuntary chuckle. She pretended she was clearing her throat to play it off.

"Good night, boys," she said as she exited the room.

"Finally!" exclaimed Mr. García when the door closed. He pulled out his car keys and knelt on the ground next to the boys, placing his hands on his thighs. "Who wants some Taco Bell? Beef and bean burritos? Loaded nachos? I'm starving!"

The boys all smiled at each other and nodded their heads. "FARTALICIOUS!"

CHAPTER 9

HERSHEY SQUIRTS AND TACOS

Mr. García led the way as the boys followed him through the house to the car. You could tell he was a professional at sneaking out. Silently tiptoeing through the halls, he would signal the boys to stop every few steps with a silent raising of his hand. They would pause for a few seconds, making sure Mrs. García wasn't out of bed. The group then continued on their journey to the driveway. Once outside, the boys breathed a sigh of relief.

"That was intimidating," gasped Max. He had held his breath almost the entire time they were meandering through the halls.

"This is freaking awesome! Mr. García, you are so much cooler than my dad!" said Charlie.

Lance's dad gave Charlie a high five and unlocked the car doors. The pile of guys crammed themselves into his yellow 2001 Toyota hatchback, what he called his "Banana Boat" and everyone else thought was a taxi. The keys started the ignition and the crew began their trip to Taco Bell. Mr. García cranked the music on his favorite radio station.

"Oh, this is my jam!" he said and began playing imaginary drums on his steering wheel.

Lance slumped down in his seat and covered his face. Sometimes his dad could be super embarrassing. But his friends didn't seem to mind his father's socially unacceptable behavior. They actually joined in the invisible instrument playing and sang the chorus to the song on the radio.

"*Why you gotta be so rude? Don't you know I'm human too? Why you gotta be so rude? I'm gonna marry her anyway!*"

Max and Charlie echoed, "*Marry that girl!*"

Lance chimed in along with his friends. They all sang at the top of their lungs and moved to the rhythm. Even Max was letting loose. His eyes were closed and his head was swaying back and forth. Charlie's hands were waving with the lyrics. Lance watched his friends and made his hands appear like snakes slithering through the air. He didn't know what the other fourth graders of Oakland Elementary were doing at 9 p.m. on a Friday, but he could guarantee they weren't having this much fun. A couple of songs later, the Banana Boat arrived at Taco Bell.

"All right, boys," Mr. García announced, "let's get our grub on."

The trio got out of the car and marched behind Mr. García into the restaurant. Charlie was still jamming to the tune stuck in his head. To a random stranger, he must have looked like he was going into occasional convulsions or had a nervous tick or something.

Taco Bell was pretty empty. There was only one cash register open, and there was an elderly lady paying for her order. The cashier stared at the woman with a blank expression as she paid. Lance wondered why the server looked so rude. It all became clear once he looked at the counter. The woman was paying in pennies and counting each one. There was a giant pile of coins on the counter.

"$2.25. $2.26."

Her order total was $10.50.

"My God, we're going to be here all night with this lady," whispered Mr. García.

"$2.27. $2.28."

"Uh, ma'am, do you think we can order while she counts her pennies?" Lance's dad asked the cashier.

"No, you can't. I'm the only one working the register, and I can't ring up another order until this one is paid for."

"Is there a manager I can speak to?" he asked.

"I am the manager." The woman behind the counter pointed to her name tag.

"Listen, I just want twenty Doritos Locos Tacos," said Mr. García.

"Uh, and some nachos," added Charlie.

"And two chalupas," said Max.

Lance looked at Max with his mouth slightly open and eyes stretched wide.

"What? I like chalupas."

"Again, sir, I can't take your order until I'm done with this customer."

"$2.29. $2.30."

"Oh, for goodness sake, here's $10!" Mr. García said, putting a ten-dollar bill on the counter.

"My, my, aren't we in a hurry?" commented the old lady. She pursed her lips and glared at Lance's father. "I don't know why you're in such a rush. From the looks of that belly, you don't need any Doritos or tacos."

"No, she didn't," said Charlie, his hand was covering his mouth.

"Ma'am, I'm just trying to help out. My kids are really hungry. I need to get them home to bed." What Mr. García really meant was he needed to get the boys home before his wife realized they were all out of the house.

"Whatever you say. Enjoy your Doritos, St. Nick!"

The woman snatched her bag of food from the cashier and moved at a snail's pace toward the door.

Lance stood in awe at the Taco Bell Counter Encounter. What a mean old lady. And who pays in pennies? Seriously. Pennies! He just wanted his food and his bed.

Five minutes was all it took for the crew to eat twenty Doritos Locos Tacos, two chalupas and an

order of loaded nachos while sitting in the Banana
Boat. They sat quietly with an occasional belch to
break the silence. Lance was still chewing nachos he
had stored in his cheeks. The cheese and sour cream
was starting to congeal and mix with a pool of saliva.
Lance felt obligated to eat it since it was already
slightly decayed in his mouth. Nothing more could fit
in any of their four stomachs until some food came
out the other end. A burning sensation began to build
in the pit of Lance's stomach and rose up to his throat
like a simmering explosion was about to occur. He
took a deep breath and swallowed the stored nachos
in order to push down whatever seemed to be invol-
untarily rising in his chest. Lance swore he could feel
the smothered nachos traveling through his body
pipes and landing in his stomach, doing ultimate
lucha libre body slams on the hot sauce drenched
tacos that were already there. He prayed the loser of
the brawl wouldn't unexpectedly be catapulted out of
his mouth, or worse, out of somewhere else.

"And that, my friends, is what you call a fourth
meal," said Mr. García.

He licked his fingers and threw the last empty taco
wrapper into a paper bag containing everyone's
garbage before guiding the car out of the parking lot
and onto the road. The team was making good time
until they got stuck behind an ancient, navy blue station wagon going 15 mph. There were no other lanes

on their side of the road, so the Banana Boat could not go around the car. They were on turtle time.

"What is up with this person? It's a 35 mph zone!" Mr. García grumbled.

He put his high beam lights on to let the driver in front of him know he wanted them to speed up. No response. The blue turtle kept crawling up the dark, desolate street. After a few minutes, Mr. García got so frustrated, he beeped his horn. That's when things went from bad to worse. The blue station wagon stopped. It just straight up stopped in the middle of the road.

"What's going on?" asked Lance.

"I'm not sure," said his dad.

A moment later, the station wagon door opened. It was the old lady from Taco Bell.

"You've got to be kidding me. Stay right here, boys. I'll handle this," said Mr. García. He got out of the car and locked the doors behind him.

"What do you think she wants?" asked Max.

"Who knows? She's a crazy old lady. Did you see how slow she was going? Old people should have driver's tests every year to make sure they can still drive," said Max.

"Shhhh! Let's listen," said Lance.

They all watched through the windshield as Mr. García and the old lady talked to each other in the brightness of the headlights. They couldn't make out the words, but they didn't need to because their verbal communication stopped shortly. Out of nowhere and with zero anticipation, the old lady swung her bag at Lance's dad. It happened so quickly, the boys barely had time to process what they had seen. Mr. García shielded himself from the impact with his arms and began running around. The lady had become freakishly fast in a matter of seconds and was giving Lance's dad a run for his money, chasing him with her giant handbag.

Charlie tried to open his car door, but it was locked shut. "Dude, open the doors! Your dad needs back up!"

"I can't! He told us to stay in the car," said Lance.

He tried to think of what to do. But everything was happening so quickly, it was hard to focus. "And you can't hit an old lady!"

"I'm not gonna hit her," said Charlie. He was trying to roll down his window to get out of the car, but it was also locked. "I'm gonna distract her while your Dad gets in the car!"

"Oh, no. This can't be happening. This can't be happening!" Max began to rock back and forth. His hands were holding his head from hitting his lap. "I'll never get into Yale if I get arrested for conspiracy to beat up an old person!"

"Nobody's beating up anybody! Now just calm down," said Lance.

Between Charlie's relentless efforts to get out of the car and Max's groans of not getting into Paleontology

school, Lance's brain was about to explode. His dad was still dodging and weaving in the black, tree-lined street. It was like watching him doing his exercise DVD in the living room, except the lady with the bag was much meaner than the muscled guy on TV.

"We're not even supposed to be out here!" Max began to hyperventilate. He took Charlie's Taco Bell bag and put it to his mouth, rapidly inhaling and exhaling. "I'm gonna' be grounded for a week. A month. A year! Oh my God, I'm not going to go to the season opening of Field Station Dinosaur!"

Charlie turned to his side and grabbed Max's shirt by the collar. "Get a hold of yourself, bro!" he yelled.

Out of the depths of the seat came a deep rumble. Max's face became as red as his hair. The white paper bag he had put to his face to help him breathe was no longer blowing up. It was possible he had stopped breathing all together. There was no way he could've stopped such a force. Lance's nose curled, detecting a foul odor in the car.

Charlie was still holding Max's collar. Charlie's face recoiled and his head shook side to side for a few seconds. "Did you . . . just . . . upchuck?" he asked.

"I can't handle the chalupas under this kind of anxiety," said Max.

"Oh my God, dude! Vomit! Don't start! You're gonna make me . . . !" yelled Charlie. He let go of Max's shirt and leapt to the other side of the seats.

That was it. Yelling. Farting. Vomiting. Crazy old ladies. Enough was enough. Lance knew what to do. His mother told him once if there was ever a stranger getting too close to the car, you should press the panic button on the keys. The keys were no longer in the car, so he did the next best thing. Lance pressed the horn and held it down to cause a scene. A few seconds later, the old lady scurried off, and Lance's dad ran to the car. Lance unlocked the driver door and his father got in panting for air. The only sound heard in the car was his heavy breathing. Not another noise was heard for quite a while until Mr. García's cell phone began to ring. It was Mrs. García.

"Hi, honey. No, I'm fine. Just ran out to the pharmacy. Max had some indigestion, so I took the boys to buy him some Pepto-Bismol. Of course, it wasn't your cooking. Okay, then. See you soon." Click.

"About that Pepto-Bismol. You might want to go get it. Max just had an accident," said Charlie.

"Oh, I was wondering what that smell was . . . " said Mr. García, rubbing his nose and turning to look at Max in the back seat.

Max nodded without saying a word.

Everyone began laughing. Wild, banshee-like, uncontrollable laughter. Max was half crying, half hysterical. Lance held his stomach to avoid barfing on himself. Charlie pretended to be the old lady swinging her handbag between giggles.

"I can't remember the last time I laughed this hard," Mr. García said. "Max, next time you feel something coming up, just stick your head out the window."

"The windows were locked! Remember?" the three boys shouted together.

Another wave of laughter washed through the car. Once everyone had spent every last ounce of their bodily laughter allowance, Lance's dad made a serious point.

"Boys, this is never to be mentioned again. Not the tacos. Not me getting beat up by an old lady. Not the regurgitation. What happens in the Banana Boat stays in the Banana Boat. Deal?"

"Deal," said Lance.

"Deal," echoed his friends.

The boys sealed the deal with a fart handshake. Closed fists in, pound them together, fart explosion sound.

"Sweet," said Mr. García. "Now let's go get some Pepto-Bismol."

The Banana Boat roared in laughter, involuntary tears and the occasional gas eruption as it drove its way home.

CHAPTER 10
FARTALICIOUS

Monday morning had arrived, and the Oakland Elementary School fourth-grade hallway was buzzing with movement. Swarms of students were swerving in and out of each other's way. It was like they were doing the honey bee dance to direct everyone where they needed to go in order to get their work done.

All the classes had begun setting up their Healthy Habits Hallway displays to be anonymously voted on by the school's fifth graders. Some kids dressed up as fruits and vegetables, hoping to get a few extra bonus points. Others even got T-shirts made to coordinate with their themes. Lance and his group hadn't made such desperate attempts to impress their judges. They were confident in the quality and uniqueness of their efforts.

Before the competition could begin, it was time for the fourth-grade teachers to look over their students' work. Max, Lance and Charlie waited anxiously for their turn. They hadn't gotten much done on Friday night because they spent most of the evening spraying

Perfume de Frank and Beans and stench-bombing the bathroom after their Taco Bell field work. The boys had met at the library on Saturday to plan their assignment and worked all day Sunday to finish up the details.

"What do you think she'll say when she sees our project?" wondered Lance.

"I think she'll say, 'You guys rock!'" declared Charlie as he bounced in rhythm and played an electric guitar.

"Just let me talk, and we'll be fine. This is completely based on science," assured Max. His eyes started twitching, and he began pushing up his glasses, which made Lance question if Max really believed what he had just said.

It was time. Mrs. Lombardi strolled over to their group with her folder and pen in hand. Her hair was tied back in a perfect bun, and she was wearing a facial expression the boys couldn't really read. Her mouth was in a smirk, and her chin was up slightly as though she was suspicious about something. Mrs. Lombardi wasn't much taller than some of her students, but when she was on serious mode, you could tell she meant business.

"Good morning, boys. What have we got here?" she asked.

"Behold, our winning entry, FARTALICIOUS!" announced Charlie.

Mrs. Lombardi's face dropped slightly as Charlie removed the sheet covering their display.

"What he means," said Max, "is we have broken down the scientific explanation for why people have gas and how it is a completely normal process of digestion when eating healthy foods."

Mrs. Lombardi still hadn't responded. Lance feared she would disapprove of their work, fail them and ruin his attempt to get Ryan and his friends to stop teasing Madeline.

"Mrs. Lombardi," Lance said, "we've worked really hard on this. We know it may seem a little funny, but that's the best part! Kids are always laughing and acting silly when someone passes gas and it totally disrupts the class. If we can explain why this happens, maybe it won't be such a big deal anymore."

Lance was nervously biting the inside of his lip and scratching the back of his head. This would work. This had to work.

Mrs. Lombardi appeared to be thinking for a second as she tapped her pen on her grading folder. Lance had made a good point.

"And what exactly is this?" she questioned, pointing to Charlie's part of the presentation with her pen.

"This is my Farting Food Pyramid!" Charlie responded proudly. "It's foods that make you fart really bad. We've got eggs, broccoli, beans, milk . . . all the healthy stuff that'll give you bubble guts."

Mrs. Lombardi didn't look pleased. She furrowed her eyebrows and looked at Max and Lance.

"You consider this an appropriate entry for the Healthy Habits Hallway Competition?"

They were losing her. Thankfully, Max and his science smarts saved the day.

"You see, Mrs. Lombardi, certain foods like the beans, for example, in Charlie's food pyramid have a higher sulfuric content than others. The more sulfur foods have, the more foul the smell of our gas."

Max pointed to his part of the Fartalicious display and Mrs. Lombardi's eyes followed. He showed her each test tube he had taped, sealed and labeled in his test tube rack.

"These test tubes represent the components of the trapped air in our digestive system that cause what we like to call 'farts.' We have nitrogen, oxygen, carbon dioxide, hydrogen and methane."

Max looked at Lance to take over the explanation for Mrs. Lombardi. She looked like she might be buying what they were saying. She was nodding her head and covering her mouth with her hand.

"Max is absolutely right," continued Lance. "And here you will see my list of Funny Fart Facts. Everybody passes gas, and we all do it more than ten times a day. If we hold it in, it's actually not healthy for us and can give us stomach aches. Either way, the trapped air needs to come out so if we don't fart when we need to, we wind up doing it in our sleep."

"Like a fart orchestra," chuckled Charlie. "Oh, I almost forgot!"

He took out a sign he had made for their hallway display. It read, "FARTALICIOUS," and the letters looked like logs of poop he had cut out of cardboard.

He stared at it in pride. "Sick, huh?"

Lance's hands were in his pockets. He shrugged his shoulders and gave a huge smile, showing all his perfectly brushed pearly whites.

"Yes, it's quite sickening," agreed Mrs. Lombardi. "Okay, boys here's the deal. I'm not thrilled you decided to do your Healthy Habits Hallway entry with such bathroom talk, but technically, passing gas is part of our health and a result of healthy eating habits and digestion. So, I'll accept your entry. Just try to keep the potty grammar to a minimum, okay?"

"We will," promised Lance.

His hands were clasped together as a way of thanking Mrs. Lombardi and the fart gods who must have been on their side that day.

Mrs. Lombardi walked away, and they all gave each other their new Fartalicious secret handshake they had come up with during the Banana Boat excursion that "never happened." They each put in a fist, tapped them together and made exploding farting sounds when opening their hands.

Team Fartalicious stood in front of their project while other fourth-grade teams laughed and pointed in their direction. It seemed no one was taking them

seriously. Max had started to perspire at the thought of not being able to attend Field Station Dinosaur's season opening. The sweat stains down his button-down shirt served as evidence. Charlie pretended to lunge at some people who giggled at his poop log sign as they walked by it. And Lance, he just wanted to end Madeline's suffering and prayed this crazy idea of his would work. Luckily, it wasn't Lance's fourth-grade peers who would be voting for the winning entry. It was the fifth graders, and they were starting to come down the hall. Team Fartalicious stared at what they hoped would be their salvation. The Healthy Habits Hallway Competition had begun.

CHAPTER 11
FARTING FISH

Lance had hoped the fifth graders would be slightly more intrigued by Team Fartalicious' presentation than their fellow fourth graders. His hopes were quickly shattered. The judges were more wooed by the competing teams' free carrot sticks and kale mango smoothies than they were of fart talk. Lance and his friends worried they might flunk the competition, after all.

"Excuse me, would you like to learn about digestion and flatulence?" asked Max to passing fifth graders.

No luck. They just shrugged him off and gave him weird looks.

"Step right up and get your fart on!" yelled Charlie.

That didn't work either. People just snickered and thought he was ridiculous. Especially the girls. They gave sporadic, "Ew, gross!" exclamations.

Lance had to do something, or everything he and his boys had gone through over the weekend would be in vain. The frank and beans his mom served. The

Taco Bell heartburn. His dad being assaulted by a senior citizen. Max's regurgitation. He would not let them or Madeline down.

But Lance was clever and had a trick up his sleeve. Something he hadn't even shared with his teammates.

"Excuse me, everyone! Attention!" he yelled over the throng of prepubescent tweens in the hallway.

Nobody turned around.

Lance gave a really loud whistle his dad had taught him to do, one he did after people sang happy birthday or did a speech. It was really loud and annoying, the kind people did if they were trying to round up animals or hail a taxi in New York City. His mom hated it, but it worked. He began to see kids' faces instead of their backs. Soon every eye in the hallway was on the Fartalicious group. Max began to perspire more. Charlie looked around confused. Lance felt like the beams of the light bulbs above him had become red-hot sun rays, threatening to melt him away before he even had a chance to speak. A huge knot began to develop in his throat. It was now or never.

"We have a little prize action going on over here at the Fartalicious table. If you guys wanna come over, I can tell you about it!"

Slowly, kids became interested and started crowding around the boys. Lance knew he had no juicing treats or fruit salad to entice his fellow students, but he did have gummy fish. If there was anything kids liked more than smoothies, it was candy. And Lance knew all about candy.

"My name is Lance. These are my friends Charlie and Max."

Charlie threw up a peace sign. Max gave a nervous, awkward wave as he eyed the crowd.

"Lance, what are you doing?" asked Max in a muffled voice. "We don't have any prizes."

"Just go with it," said Lance. "Okay, so, obviously we know we all fart, right?"

The students began to laugh. Nobody was taking him seriously. He had to grab their attention quickly before they dispersed into the long hallway again.

"Seriously, hear me out. We blow wind for a variety of reasons. My boy Max here and Charlie, they have it all mapped out. But humans aren't the only species on earth that pass gas."

Lance pulled out a gallon-sized Ziploc bag filled with red Swedish fish.

Mrs. Lombardi quickly approached. "That's not a healthy item, Lance. Please put it away."

"Please, just let me explain. I promise it goes with my project." Lance gave his best puppy dog face. His green eyes worked away at Mrs. Lombardi's tense body language just like they did to his mom when he was in trouble.

"Fine, but this better be completely related to healthy gas or else."

Mrs. Lombardi stepped aside, but she didn't wander too far away. She had every intention of watching Lance very closely.

Lance smiled and faced his audience.

"So, like I was saying, I have a whole bag of Swedish fish here for anyone who can answer my question correctly."

Kids in the crowd began rubbing their hands together in delight, ready to answer any question Lance had up his sleeve. It was complete bribery, but Team Fartalicious wasn't the only group coaxing the judges. Team Vitamin C was giving out free Tropicana orange juice cartons and Team Antioxidant was tempting them with bitter-tasting raspberry dark chocolate bits. All was fair in farts and war.

"There's this fish called the herring fish. A recent study has shown that herring fish fart. It's called FRT, fast repetitive tick. It's just a nice way of saying they pass gas like the rest of us. This entire bag of Swedish fish goes to the first person who can tell me why herring fish fart."

Fifth- and fourth-grade students alike began to whisper among themselves, desperate for a sugar rush after being fed celery and carrot sticks. Lance's friends huddled around him for a quick discussion.

"Dude, why didn't you tell us you were doing this?" asked Charlie.

"Yeah, Lance, have you even researched this claim? Farting fish? I mean, is it even scientifically accurate?" asked Max.

"I learned about it through *National Geographic,* so it's gotta be real. Look guys, all we have to do is get their attention. Once we've got them, they'll come over here and give us a chance. We just have to seal the deal."

"Like how Max sealed the deal in your dad's car?" asked Charlie.

"We're not supposed to talk about what happened that night, Charlie," Max snapped.

"What happened on what night? What are you talking about? Because whatever you're talking about is definitely not what *I'm* talking about." Charlie was rambling.

"Cut it out, guys! Come on. Let's do this," said Lance. He brought his hand in for the secret hand-shake. The boys joined.

"Okay, so who thinks they have an answer?" Lance asked the crowd.

"To help them drop a dung!" yelled the captain of the fifth-grade baseball team.

"Nope, that's not it."

The captain snapped his fingers at his wrong answer.

"To clear a path!" yelled someone.

"To scare away predators!" shouted another.

Lance shook his head. "All great answers but none of them are right. Doesn't anybody like Swedish fish around here?"

The crowd got quiet. They were all murmuring their conjectures to one another.

"How about you, Ryan?" asked Lance.

Ryan pointed at himself and looked around. Everyone fixed their gaze on him.

"Me?" he asked with a hesitant chuckle.

"Yeah, you. You walk around making fart sounds so much, I figured you'd know something about them. Guess you don't know as much as you seem to."

The crowd let out a few laughs in Ryan's direction. Ryan folded his arms and bowed his head, trying to be avoided. Lance noticed him slowly backing out of the crowd in embarrassment. After being on the opposite end of a very public fart blast, Ryan would not be so willing to walk around making fart sounds at Madeline anymore.

"Come on, guys give me something!" yelled Lance.

"To communicate?" said a soft, female voice.

"Who said that? Who said 'to communicate'?" asked Lance.

Everybody looked around the crowd for the genius who won the bag of candy.

A small, hesitant hand raised in the air. It was Madeline. Lance knew only a brain like hers could guess the correct response or, at least, he had hoped.

"Come on up here, Madeline. You won!" said Lance. He started to clap for her. All the fifth graders followed Lance's lead and made a walkway for Madeline through the crowd. Nobody was laughing at her. Nobody was teasing her. They were congratulating her.

"This is Madeline," said Lance when she reached the Fartalicious table.

Her eyes looked down at the floor and then nervously around at the older kids in front of her. She didn't say a word.

"Madeline's right. Herring travel in large school of fish, much like the enormous amount of fish in this bag. They pass gas to communicate with each other by taking in air at the water's surface and letting it out in the form of tiny bubbles from their butts under water."

"That happens when we fart under water, too!" exclaimed a fifth grader.

Charlie nodded in agreement and gave the kid a thumbs up. "Instant Jacuzzi!" he yelled.

"Yes, exactly," said Lance. "So, you see, farts are more than just stinky puffs of air. They're important. If you wanna learn more, just stop by our table."

Then something amazing happened. The fifth graders began to clap again . . . for Team Fartalicious. By default, it was a standing ovation. Lance grinned from ear to ear. Team Fartalicious had a chance to win the Healthy Habits Hallway Competition. He could feel it in his bones.

CHAPTER 12
AND THE WINNER IS . . .

Lance was so nervous about finding out the winning team for the Healthy Habits Hallway Competition, he hadn't even eaten his lunch. And Lance always ate his lunch. He had to, so he wouldn't be too hungry at night when his mom made another failed attempt at dinner. But Lance just couldn't stomach eating the school cafeteria's Mexican bean salad for lunch that day or possibly ever. Not after Friday night's disaster. Biting his nails, he glared at the loud speaker, hoping Principal Quiles would announce the winners soon. The longer he waited, the more destroyed his fingernails became. He looked down briefly to see half his nails in strips covering his desk and the other half still on his fingers, begging not to be ripped from the comfort of their nail beds. Finally, Lance stopped the nibbling. His nails looked like they could use a break. Suddenly, Mr. Quiles' voice boomed on the loudspeaker while Mrs. Lombardi was in front of the classroom giving a lesson on fractions. He couldn't have had more perfect timing.

"Good afternoon, Oakland Elementary. Please excuse the interruption. I'd like to announce the winners of the fourth-grade's Healthy Habits Hallway Competition. After a careful count of the fifth-grade votes, the winner is . . . "

Lance could hear a paper unfolding. He looked around the room. Some kids were standing by their chairs with eyes fixed on the speaker. Some of the girls' groups held hands and crossed fingers. Everyone was on edge, but no one was more anxious to hear the results than Lance. He needed to win this. Not just for him and his friends, but for Madeline.

"What? Are you sure? I can't have a theme day on this," Mr. Quiles whispered to someone in the background.

The loudspeaker turned off. Mrs. Lombardi's classroom moaned in protest. Lance banged on his desk. Come on! This was torture. Mrs. Lombardi tried to silence her class and redirect their attention to their math lesson, but it was a useless attempt. Nobody was listening to her. It was likely no one had paid attention in the first place. Not a brain in the room was ready to learn anything aside from what kind of theme day awaited the fourth grade. What seemed like an eternity was really only about two minutes. Mr. Quiles came back to the loudspeaker and cleared his throat.

"The winner of the Healthy Habits Hallway Competition . . . I can't believe I'm saying this out loud . . . is . . . FARTALICIOUS. Mrs. Lombardi, please coordi-

nate the theme day with your winning team. Thank you."

Charlie, Max and Lance jumped out of their seats to give each other high fives. They had done it. They had shown the world that everyone was Fartalicious. They would soon get to plan an entire fourth-grade theme day about it. There would be *Perfume de Frank and Beans* smothering the halls for miles on end. Symphonies of fart grenades would echo in everyone's ears. The art of the fart could finally be celebrated without humiliation.

Charlie began to sing, "FART-A-LI-CIOUS!"

Lance chimed in and grabbed Madeline's hand, waving it in the air to the beat of the song. Before long, Mrs. Lombardi's entire fourth-grade class was chanting, "FART-A-LI-CIOUS! FART-A-LI-CIOUS!" Even Madeline.

Lance was sure he had succeeded in stopping Madeline from being teased about farts. He and his friends had even won the Healthy Habits Hallway competition. But Isabella was still in trouble for starting a food fight she had no part of. There was still one more thing that needed to be done, and there was only one person that could do it.

CHAPTER 13

A FARTALICIOUS FIESTA

Soon after Principal Quiles announced the winners to the Healthy Habits Hallway Competition, the fourth-grade classes met in the hallway to look at each other's work and congratulate the winning team. Max, Charlie and Lance were swarmed by all the other fourth graders coming to learn how farts work. It was gaseous glory!

Mrs. Lombardi stood at the end of the hallway with a microphone.

"Can everyone hear me?" She tapped the top of the microphone. "If you can hear me, silent hands up." Everyone put a hand up in the air and used their other pointer finger to cover their mouths.

"Thank you, Oakland Elementary fourth graders. I'd like to present the winners of the Healthy Habits Hallway with certificates of achievement. Would my students, Charlie, Max and Lance, please come up here to accept your awards?"

The entire fourth grade began to clap. Some of the kids in Mrs. Lombardi's class began to chant, "FART-

A-LI-CIOUS!" again. Soon, all of the students chimed in unison. Gas sounds were also heard in the choir. Lance couldn't tell if they were all orally made, but it was entirely possible some of them were authentic. It was a major moment of success.

"Thank you, thank you very much," said Lance, quieting the crowd. "I'd like to thank my friends for supporting my very stinky idea."

Max took the microphone next. "I'd like to thank our teacher, Mrs. Lombardi, for giving us the opportunity to show that farting is actually a healthy part of life. We all do it. *Viva la* fart!"

"*Viva la* fart!" agreed a group of boys in the background.

Charlie quickly stole the platform. "I wanna thank all the gassy foods we eat for helping us cut the cheese. Also, my buddy Lance for coming up with this disgustingly awesome idea and my boy Max here for his *Perfume de Frank and Beans*. It's on sale now for anyone who wants it."

Kids laughed hysterically, even some teachers gave a chuckle under their breath.

"That's quite enough, boys. Thank you," said Mrs. Lombardi. "Now, let's enjoy the afternoon. We teachers have come together and provided the fourth grade with treats and activities for the rest of the day in order to thank each of you for all your hard work and dedicated entries."

Lance, Charlie and Max did their secret handshake to celebrate. That was all it took. It seemed as though the entire hallway turned to the person next to them and copied the boys. Isabella turned to Madeline for the Fartalicious handshake. Fists in, fart explosion.

"Looks like we're both Fartalicious," said Isabella.

Madeline smiled. "Yeah, I guess we are." Her eyes lit up behind her glasses, and she was finally looking at Isabella in the eyes instead of at the ground.

Ryan and his friends walked past as the girls made up. Madeline cringed, expecting the guys to begin teasing her again. To her surprise, they did just the opposite.

"Can we bring it in for a fist pound?" asked Quinn, his hand in his jeans' pockets.

"Sure, why not?" said Madeline.

The entire group took part. Madeline had never felt happier to participate in a fart blast. The Fartalicious Fiesta had begun.

The remainder of the afternoon was spent playing games, winning healthy prizes and snacking on cupcakes, juice and fruit. Lance snuck in fruit snacks here and there. He and his friends enjoyed the rest of their afternoon as the biggest celebrities in the fourth grade. Who knew farting was their ticket to fame? The Fartalicious team was the star of the show. Judging by the odor in the hallway, so was the *Perfume de Frank and Beans*.

CHAPTER 14

THE REVELATION

Principal Quiles rubbed his face and scratched his oily forehead as he gathered his things and prepared to head home at the end of the school day. His usually slick salt-and-pepper hair was frayed and sticking up in places he probably wasn't even aware of. The stressing results of the fourth-grade Healthy Habits Hallway Competition were enough to make his coiffed locks stick up on their ends as if he had just stuck his finger in an electric socket. How was it possible that a fart exhibit had won? More importantly, how could such subject matter be allowed in the competition? There must be rules of some sort on topics. If there weren't, he would implement them for the following school year. There would most certainly be an unplanned staff meeting early Monday morning to discuss the atrocity of so-called "Team Fartalicious."

Principal Quiles started to forcefully shove his folders and notepads into his black leather briefcase. Explaining to the school's superintendent that Oakland Elementary would be having a Fartalicious Awareness Day was not going to be easy.

He walked through the main office and stopped to grab the items in his mailbox cubby on the way out. His secretary, Mrs. Feldman, was pretending to work on a school newsletter. In actuality, she was on her social media page posting captions on the most recent selfies she had taken. Mrs. Feldman was short and stout, like a teapot. She looked old enough to be Principal Quiles' grandmother, which made it even stranger that she knew what a selfie was, or how to even take one with the correct angle and filter, for that matter. As soon as Principal Quiles walked into the office, she minimized her internet browser and opened the Oakland Elementary parent newsletter.

"Hi there, sir. Ready to go home? Any plans this weekend with the family?"

"The only thing I plan on doing this weekend is figuring out how on earth a project called 'Fartalicious' won the fourth-grade's Healthy Habits Hallway Competition this afternoon. Isn't there a manual of some sort? Some kind of checklist on what's an acceptable topic?"

"Uh, no, don't think so. Isn't it up to the teachers?" asked Mrs. Feldman.

"Absolutely not, it's not up to the teachers," grumbled Principal Quiles.

"Well, then, who was it up to? You?"

Principal Quiles glared at Mrs. Feldman. "Are you suggesting this was my fault? That I should have been more vigilant of my staff? I thought they would be old enough and seasoned enough to know the difference between what is appropriate and what isn't."

"Pfft, guess not," said Mrs. Feldman, slyly opening her social media browser again to see how many "likes" she had gotten on her hideous duck face snapshot. If it was over twenty, she would make it her profile picture.

Principal Quiles was getting more and more aggravated. Not so much at Mrs. Feldman, but more because she might've had a point. He had dropped the ball, so to speak.

"About that Fartalicious win," said Mrs. Feldman, "how should I word that in today's newsletter to the parents? I was thinking something like 'Flatulence Fills Oakland Elementary.' Catchy, right?"

"Don't you dare," warned Principal Quiles, walking over to Mrs. Feldman's desk and giving her a very stern look.

She quickly minimized her new profile picture. It had gotten 23 "likes."

"Nothing, I mean *nothing*, is to be said about today's ridiculous victory. I have to figure out a way to stop this. Can you imagine the humiliation I'll suffer at this month's school board meeting? I'll be the laughing stock of the district. I'll be known as the Poop

Principal. Not on my watch. Isn't there a way we can alter the votes? Couldn't we have made a 'mistake'?"

Now Mrs. Feldman was the one glaring at her boss. She was a good employee but wouldn't hesitate to put Principal Quiles in his place. She was one of the few people in Oakland Elementary who could. Deep down, he was just a slight bit afraid of her. Mrs. Feldman had worked in Oakland Elementary for longer than anyone else in the office and had seen four principals come and go. Principal Quiles knew she wasn't going anywhere anytime soon. Plus, she reminded him of his old grandmother who used to grab him by the ear when he misbehaved. He wouldn't cross the line with her.

"Now you listen here, sir," she said. "I'll skip over this unexpected news in the Friday letter, for now, but if you think I'm going to lie to over a hundred students about the honest winner of their competition, you've got another thing coming."

Mrs. Feldman began typing incessantly his mail. "Unless you give me a week off," she said.

She had stopped typing and her eyes were now looking over her bifocals at Principal Quiles' back. He turned around slowly and looked her in the eye.

"Are you blackmailing me?" he asked.

"No, I'm negotiating."

The atmosphere was tense. The two opponents had found themselves in a mean staring contest. It was a scene from an old Wild West movie. Haystacks scattered through the office. A slow, hot wind brushed against the plaques on the walls and the office doors. Two challengers ready to draw, concentrating on each other to see who would break first. Mrs. Feldman quivered her upper lip and kept her hand on her side. Principal Quiles adjusted his cowboy hat and wiped the sweat off his face. He gnawed on the side of his cheek like it was chewing tobacco. Mrs. Feldman had already drawn her weapon. Principal Quiles could either engage her or walk away.

"Nice try," he said reluctantly. "No days off for you until Spring Break. Especially since you'll be helping me compose guidelines for acceptable school presentation topics."

Mrs. Feldman groaned. She began her computer "work" again. She'd lost the draw.

"For now, send out the newsletter. I'll figure out how to handle our little Fartalicious Theme Day."

Principal Quiles couldn't take another moment inside school walls. He grabbed the flyers, staff requests and letters from his mailbox and put them under his arm. All he had to do was sift through it, throw out the trash and bring home the relevant material. Mr. Quiles walked to his office and began to open envelopes with his stainless steel letter opener. After throwing out half his mail, the principal of Oakland Elementary held an envelope that would bring a new problem to his already mounting pile of issues.

In it was a strange letter. It read:

Roses are rojo.
Violets are azul.
It was me who STARTED the foodfight in school.
Don't BLAME Isabella.
It WAS for *REVENGE.*
MY name is Mister Malo.
Bullying I avenge.

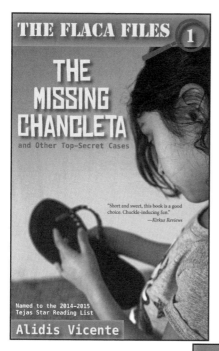

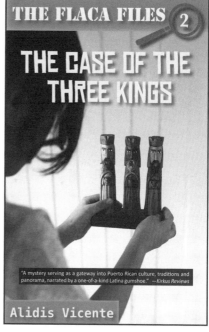

Las terribles travesuras de
MISTER MALO

Alidis Vicente

Traducción al español de Carolina Villarroel

PIÑATA BOOKS
ARTE PÚBLICO PRESS
HOUSTON, TEXAS

Las terribles travesuras de Mister Malo ha sido subvencionado por la Ciudad de Houston por medio del Houston Arts Alliance. Les agradecemos su apoyo.

¡Piñata Books están llenos de sorpresas!

Piñata Books
An imprint of
Arte Público Press
University of Houston
4902 Gulf Fwy, Bldg 19, Rm 100
Houston, Texas 77204-2004

Diseño de la portada e illustraciones de Mora Des!gn

Names: Vicente, Alidis, author. | Villarroel, Carolina, translator.
Title: The shameless shenanigans of Mister Malo = Las terribles travesuras de Mister Malo / by / por Alidis Vicente ; Spanish translation by / traducción al español de Carolina Villarroel.
Other titles: Terribles travesuras de Mister Malo
Description: Houston, TX : Piñata Books, an imprint of Arte Público Press, [2017] | Series: The Mister Malo series | Summary: After school, ordinary fourth-grader Lance García becomes Mister Malo, a do-gooder who sets out to teach Isabella she was wrong to spread a rumor about Madeline.
Identifiers: LCCN 2017027819 (print) | LCCN 2017039741 (ebook) | ISBN 9781518504433 (ePub) | ISBN 9781518504440 (Kindle) | ISBN 9781518504457 (pdf) | ISBN 9781558858534 (alk. paper)
Subjects: | CYAC: Bullying—Fiction. | Middle schools—Fiction. | Schools— Fiction. | Flatulence—Fiction. | Conduct of life—Fiction. | Hispanic Americans—Fiction. | Spanish language materials—Bilingual.
Classification: LCC PZ73 (ebook) | LCC PZ73 .V44637 2017 (print) | DDC [Fic]—dc23
LC record available at https://lccn.loc.gov/2017027819

Impreso en los Estados Unidos de América
noviembre 2017–diciembre 2017
Cushing-Malloy, Inc., Ann Arbor, MI
5 4 3 2 1

ÍNDICE

Para todos los **Mister Malos** *del mundo y para los niños y las niñas a quienes defienden.*

CAPÍTULO 1
REVISANDO EL CORREO BUZÓN

Era otra tarde de semana cualquiera en la Primaria Oakland. El timbre de salida había sonado hace dos horas. La fachada de la escuela parecía congelada en el aire glacial de invierno. Carábanos colgaban de las esquinas del techo y de los marcos de las puertas. Los marcos de las ventanas estaban cubiertos de nieve blanca tan sólida que aparentemente no se derretiría hasta el último día de escuela. No habría nadie deambulando hasta la mañana siguiente —al menos, se suponía que no.

En la calle enfrente de la escuela, un par de ojos observaban el edificio. Estudiaban el terreno en todas direcciones, asegurándose de que no hubiera nadie alrededor. Los ojos observaban a través de lentes de sol súper oscuros y súper elegantes. Tenían que mantenerse ocultos. Una cabeza de pelo rizado color castaño luchaba por salirse de los bordes de una gorra de béisbol negra. En completo modo incógnito. Una vez que la costa estuvo libre, el sabueso decidió actuar . . .

después de terminar su botana de sabor a fruta tropical, por supuesto.

Lance siempre revisaba el correo, pero el buzón que revisaba estaba en la escuela. Había una caja secreta con cerradura con una ranura para las cartas escondida en un gigante y hueco roble en el patio de recreo de la escuela. Estaba hecha de lata y tenía varios rasguños probablemente de alguien que intentó abrirla. Afortunadamente, la caja era a prueba de ladrones, o al menos así parecía ya que nadie había podido robar nada aún. Lance tenía que asegurarse de que no lo estuvieran siguiendo. No tenía que hacer mucho para cuidar su espalda. Sucedía que sus lentes súper elegantes también eran extremadamente versátiles. Tenían pequeños espejos rectangulares en los bordes al interior de los lentes. Así es que podía ver detrás de él mientras que parecía mirar hacia enfrente. Engañoso.

Después de asegurarse de que nadie lo siguiera, Lance sacó una pequeña llave plateada de su bolsillo y abrió la caja con un rápido giro de su muñeca. La caja estaba decorada con letras mayúsculas cortadas de revistas que decían, "BUZÓN DE MALO". Al parecer, alguien era muy popular. La caja estaba llena.

"Vaya, se ve que voy a estar muy ocupado", Lance se dijo a sí mismo mientras metía todo el correo en su acolchado abrigo negro de invierno y se apresuró a casa. En la puerta de enfrente de su casa, también revisó el correo.

—¡Te dejé tu correo sobre la mesa, Mamá! —gritó Lance y subió corriendo la escalera alfombrada hacia su cuarto.

Cerró la puerta con tanta fuerza que pensó que el aro de básquetbol que estaba colgado de ella se caería. Lance se estremeció por un momento, esperando a que su mamá le gritara por golpear la puerta. No pasó nada. Debe haber estado en el teléfono o algo así. Nunca le gritaría si alguien más la podía escuchar.

Lance dejó caer todo el correo en su cama y examinó las entregas para Mister Malo. Mientras intentaba organizarlas, algunas se cayeron de la cama. Eran tarjetas de San Valentín con adhesivos de corazones y un Cupido que decía, "¡Malo, por favor sé mi Valentín! ¡TE QUIERO!"

"Uf, cartas de fans", pensó Lance, mientras seguía rebuscando entre las montañas de Correo de Malo.

Finalmente, encontró un sobre blanco sellado con las palabras, "SÓLO PARA LOS OJOS DE MISTER MALO".

"Esto sí que me interesa", se dijo y se bajó los lentes de sol.

Lance abrió el sobre con mucho cuidado para no romper la carta. Adentro estaba esta súplica:

Querido Mister Malo,

Mi nombre es Madeline Wilson. Estoy en la clase de cuarto grado de la Señorita Lombardi y necesito urgentemente de su ayuda. Isabella Santos, que está en la clase de

la Señorita Ferrara, le dijo a Ryan Neilan en la clase del Señor Peterson que me eché un pedo en el patio de recreo. Ahora Ryan ni siquiera me quiere hablar en el recreo, y sus amigos se ríen de mí y hacen sonidos de pedos cuando paso.

¡Me da mucha vergüenza y no es justo! Isabella tiene que pagar por lo que me hizo. Estoy segura de que lo hizo a propósito porque yo sé que fue ella quien se echó el pedo y no yo. Estaba parada justo frente a mí cuando pasó. ¿Has escuchado eso de "silencioso pero mortal"? Exacto, así fue. Ryan y sus amigos la miraron cuando lo olieron, pero ella se dio vuelta y me echó la culpa a mí. Estaba demasiado avergonzada como para admitirlo.

Así es que, Mister Malo, ¿puede usted darle una lección a Isabella? Escuché que algunos niños le pagan con botanas de fruta. Le ofrezco una caja grande de las de sabor tropical. Mi mamá las compra en un lugar que vende todo en tamaños gigantes.

Sinceramente,
Madeline Wilson

P.D. Si usted tiene algunos trucos extra, puede hacérselos a los amigos de Ryan . . . los que me molestan en el patio. Sus nombres son Matt Conlon y Quinn Holmes. Están en la clase del Señor Peterson.

Lance sabía exactamente a lo que se refería Madeline. Estaba en su clase y él había visto a los amigos de Ryan molestándola durante el recreo. Isabella

parecía una buena chica, pero lo que le había hecho a Madeline definitivamente no estaba bien. La pobre Madeline no tenía ninguna posibilidad de vengarse de Isabella por sí sola. Ella era la niña más bonita y popular del cuarto grado. Todas las niñas querían ser su amiga y todos los niños querían pasar un rato con ella durante la hora social con helado. Madeline, bueno, ella era más del tipo de chica: "Se me olvidó hacer mi tarea, ¿me puedes dar las respuestas para copiarlas en mi cuaderno?" Lance había leído lo suficiente como para saber qué se debía hacer. Era hora para Lance de entrar en MODO MALO.

Lance pensaba que el MODO MALO no era para nada malo. De hecho, pensaba que era exactamente lo opuesto. Mister Malo no era un villano o un tipo malo. Siempre ayudaba al bien, castigando a los malhechores que habían hecho cosas malas. Y eso era bueno . . . muy bueno. ¿Verdad?

Lance caminó hacia su escritorio de madera y sacó un montón de revistas de moda de su madre. Siempre las sacaba de las mesas de centro de la sala, aún cuando se suponía que no debía hacerlo. Lance pensaba que ella comoquiera no las leía pues nunca se vestía como las chicas en las fotos. Había muchísimas por toda la casa. Según su mamá, eran material de lectura para los invitados. Salvo que su familia raramente tenía invitados. Y cuando los tenían, como durante sus cenas mensuales de domingo de la familia García, nunca nadie las leía. De hecho, él y sus

primos solían arrancar páginas para usarlas durante sus competencias de escupir bolitas de papel mientras sus padres estaban preparando la cena. Así es que las revistas no eran del todo inservibles. En su escritorio, Lance preparó papel en blanco y sin líneas, un sobre blanco y una barra de pegamento Elmer. Con las tijeras entrelazadas a sus dedos índice y pulgar, **Mister Malo** se puso a trabajar en la respuesta al pedido de auxilio de Madeleine. No era tarea fácil tampoco. Se requería mucha técnica. Recortar las letras de la revista cuidadosamente, revisar el diccionario para el deletreo preciso. Tampoco se debía olvidar la intensa presión de aplicar perfectamente la letra al papel. Luego estaba la ardua tarea de doblar la carta con mucha cautela para no arrugar el mensaje. También debía asegurarse de que cupiera perfectamente en el sobre para no enviar un paquete abultado y que sus clientes lo juzgaran poco profesional. Muchas de las respuestas de **Mister Malo** habían recibido una o dos gotas de sudor debido a todo el estrés. Afortunadamente, el sudor se seca rápido y no mancha el papel.

Al día siguiente, Madeline encontró esta respuesta en su escritorio:

Isabella **ha sido** MUY mala.
La venganza **está en** camino.
Por favor, deposita **una** caja gigante DE BOTANAS de fruta EN una BOLSA de papel encima del buzón de Malo.

Malévolamente **tuyo**,
MISTER **Malo**

P.D. Más trabajo = más **dinero**. Y. NO **trabajo** x
NADA. Lo siento.

Lance observaba del otro lado del salón mientras
Madeline doblaba el papel y lo metía en el bolsillo de
sus jeans. Todos estaban ocupados mirando hacia el
frente del salón fingiendo escuchar a la Señora Lombardi, quien anunciaba las metas del trabajo de clase.
En realidad estaban todos, o soñando despiertos o
durmiendo con los ojos abiertos, con la excepción de
unos pocos sesudos que tomaban nota furiosamente
en sus cuadernos de composición. Nadie vio a Madeline sonreír mientras leía la carta secreta ocultada por
el interior de su escritorio, nadie excepto Lance. Se
preguntaba si alguien alguna vez se había dado cuenta de que Madeline siempre usaba una cinta para el
pelo que hacía juego con sus zapatos, o que siempre
caminaba con su cabeza agachada. Lance estaba
seguro de que nadie nunca se había fijado en Madeline, excepto, por supuesto, recientemente durante el
receso cuando se había convertido en el blanco de la
patrulla contra pedorros. Fue como si sus anteojos
morados hubieran pintado dos blancos gigantes en su
rostro para aumentar su humillación. Afortunadamente, Madeline tuvo suficiente ánimo para pedir la
ayuda apropiada y terminar de ser burlada durante el

recreo. La diversión y los juegos estaban a punto de terminarse.

La alegría de Madeline al recibir la muy buena respuesta de Mister Malo duró muy poco, como la felicidad de todos los demás ese día cuando sonó la alarma de incendios.

—Levántense todos. —La Señora Lombardi se puso su chaqueta y apuntó hacia la puerta con sus manos—. ¡A practicar el escape en caso de incendio!

Lance estaba muy fastidiado. Entendía el por qué era importante practicar el escape en caso de que hubiera alguna emergencia real, pero qué locura practicar afuera en una mañana congelada de febrero. ¡¿De verdad?!

La clase se quejó y protestó mientras salían en fila del salón y batallaban para ponerse su ropa de invierno. En el pasillo, todas las clases de cuarto grado se estaban reuniendo, formando un mar de niños con abultados abrigos. Mientras las líneas de estudiantes se juntaban, Madeline se tropezó y Lance cayó justo sobre ella. Nadie paró para ver si estaban bien. Los estudiantes siguieron caminando a su alrededor, ansiosos de escapar el molesto sonido de la alarma de incendios. Parecía como si nadie los hubiera visto caerse, excepto Isabella, por supuesto.

—¡Miren, chicos, Madeline tiró a Lance al suelo! ¿Qué pasó, Lance? ¿Te tumbó su explosión de pedos? —gritó Isabella.

Y como era de esperar, Ryan y sus amigos siguieron a Isabella y comenzaron con sus burlas y sus risitas, como los seguidores faltos de originalidad que eran. Lance sintió que le prendían sus mejillas de rabia y frustración. Sabía lo que se sentía al ser acosado. Con esto Isabella acaba de convertir la venganza de Madeline en algo personal para Lance. Lance quería levantarse para decir algo ingenioso y así avergonzar a Isabella, a Ryan y a sus pequeños amigos bobalicones ante todo el cuarto grado, pero no había suficiente tiempo. El grupo siguió caminando por el pasillo con el océano de otros niños evacuando el edificio. Madeline se sacudió y continuó. Lance siguió detrás de ella. Una vez que se hubieron reunido afuera con su clase en la acera, Lance se acercó a Madeline.

—¿Oye, estás bien? —preguntó.

—Sí, estoy bien. Siento haberte tumbado —dijo Madeline. Con los ojos en la acera, como siempre, restregando la suela de su zapato contra el cemento.

—Tú no me tumbaste. Técnicamente hablando, yo me caí encima de ti. A veces soy torpe, supongo.

Madeline soltó una breve risa, pero desapareció en tanto ella se dio cuenta de que estaba sonriendo.

—Sabes, probablemente no deberías estar cerca de mí. Alguien te puede ver. No me gustaría que se burlaran de ti por mi culpa.

—No te preocupes por mí —dijo Lance—. No les tengo miedo a esos idiotas.

—Es fácil para ti decirlo —dijo Madeline—. Eres popular. No sabes lo que es estar del otro lado. Ser como yo.

Lance quería decirle que sí sabía. Quería que supiera que no estaba sola y que pronto recibiría ayuda. Pero no podía. Sólo asintió y metió sus congeladas manos en los bolsillos de los jeans.

—Por si sirve de algo, pienso que las niñas que se tiran pedos son geniales.

Madeline se rio. Fuerte. Y también lo hizo Lance.

Cuando se terminó el ensayo de escape, caminaron uno al lado del otro hacia el edificio. Esta vez, Madeline mantuvo su cabeza en alto.

CAPÍTULO 2
PROBLEMAS Y SITUACIONES

Lance estaba ocupado trabajando, tratando de tramar la venganza perfecta para Madeline. Estaba sentado en la mesa de la cocina ingeniando planes pero se le hacía muy difícil concentrase mientras que su padre tuviera un DVD de ejercicios a todo volumen en la sala. Su papá se pasaba casi todo el día sentado frente a una computadora en su trabajo, así es que insistía en "sudar la camiseta" durante los fines de semana. Lance sabía que su mamá iba a enojarse con su padre. Corrección. Iba a estar furiosa con él. El Sr. García estaba haciendo ejercicio en la sala (otra vez) sin una toalla (otra vez), lo que significaba que estaba goteando sudor sobre todo el piso de madera de cerezo brasileño que la Sra. García había recién limpiado (otra vez).

Como Lance no se podía concentrar con todo el ruido de fondo, decidió imitar la tonta rutina de su padre. Se paró detrás del sillón acolchonado y comenzó a correr en lugar y sacudir los brazos como un mono.

—Sabes, Papá, deberías sacar una toalla.

—No puedo. No puedo parar ahora —jadeó el Sr. García.

Gota tras gota. Lance podía ver las gotas de sudor cayendo de la barbilla y los brazos peludos de su padre. Lance estaba seguro de que pronto su papá estaría chapoteando en un charco dentro de la casa. Hasta empazaba a darle asco. Lance siguió imitando al Sr. García mientras el hombre en la pantalla de la televisión gritaba. El tipo estaba súper musculoso. Había un pequeño cronómetro en la esquina inferior derecha de la pantalla plana. Al Sr. García le quedaban 17 minutos.

—¡Tú puedes hacerlo! ¡Vamos! —dijo el tipo del DVD.

—¡Yo puedo hacerlo! —respondió el Sr. García.

—¡Tú puedes!

—¡Sí puedo!

—Sólo una serie más, —ordenó el hombre.

—Uf, no puedo, —admitió el Sr. García.

Dejó el ejercicio y caminó de un lado a otro de la sala, dejando constelaciones de sudor por todo el piso mientras caminaba.

Justo en ese momento, la Sra. García entró por la puerta principal con una tonelada de bolsas de papel de supermercado. Casi no se veía detrás del montón de comestibles vertiéndose de las bolsas. Lance estaba seguro de haber visto salir vapor de sus oídos.

—¡Con razón no contestabas ninguna de mis llamadas! —declaró la Sra. García.

—¿Llamaste? No escuché el teléfono. Estoy haciendo ejercicio.

—¿Que si llamé? Rafael, ¡te llamé mil veces! ¡Se pinchó una llanta!

—¿De veras? —preguntó el Sr. García mientras comenzaba a hacer ejercicio de nuevo. Pasaron unos segundos mientras intentaba seguir de nuevo con las instrucciones del exigente instructor del DVD. Y el sudor volvió a caer—. ¿Qué le hiciste a la llanta?

—No hice nada. Bueno, la perforó un clavo, pero eso no es lo importante. ¡¿Y por qué no estás usando una toalla?! ¡Mira el piso!

La Sra. García corrió hacia un cajón del estante y sacó un paño de cocina. Luego rebuscó bajo el fregadero hasta encontrar la botella en spray con el limpiador de madera y la puso en el sillón para cuando su esposo terminara de hacer ejercicio.

—Yo intenté decirle, Mamá, pero dijo que estaba "muy ocupado".

Mamá alzó la vista al cielo y comenzó a sacar los comestibles de las bolsas sobre los mesones de la cocina.

—¿Qué le pasó a tu llanta, Mamá?

—Pasé por un clavo y se ponchó. Intenté llamar a tu papá para que fuera a ayudarme a cambiarla, pero fue inútil. Afortunadamente, una grúa pasó por donde

estaba y el conductor fue muy amable y cambió la rueda.

—Sandra, ¿cuánto te cobró? —dijo el Sr. García de golpe, con los ojos fijos en la tele y levantando las rodillas alternativamente hacia el techo.

—No te preocupes, querido, —gritó de vuelta—, no me cobró ni un centavo. Me pidió que devolviera el favor con alguien más.

—¿Cómo es eso? —preguntó Lance, echando un vistazo a las bolsas de abarrotes en busca de alguna golosina.

—Si alguien te hace un favor y te pide que "que lo pagues con alguien más", significa que quieren que tú le hagas un favor a alguien más en el futuro. Así es como pagas por la ayuda que te dieron.

—¿Y qué pasa? ¿Por qué estás enojada con Papá si el tipo resolvió tu problema?

—Tienes razón, Lance. El hombre resolvió mi problema, pero eso no resuelve la situación.

La Sra. García había comenzado a poner alimentos perecibles en el refrigerador y le daba la espalda a Lance. No podía verlo examinando a hurtadillas los abarrotes.

—¿Cuál es la diferencia? —preguntó Lance.

—Sí. La situación es más profunda que el problema. Como cuando estás enfermo. Tu problema es que no te sientes bien debido a todos tus síntomas. La situación es que tienes una infección o un virus. Así es que, si bien el señor me ayudó a resolver mi problema.

Mi situación no se resuelve y es . . . ¡HACER QUE
TU PADRE CONTESTE EL TELÉFONO Y QUE USE
TOALLAS DURANTE SUS SESIONES DE EJERCICIO!
—gritó lo suficientemente alto como para que la escuchara su esposo.

Definitivamente él la oyó, pero no la escucharía.
Lance supo exactamente lo que quería decir su
madre. Otro problema: Lance tenía hambre, pero su
mamá era probablemente una de las peores cocineras
del planeta. No es mentira. Lance y su padre a menudo rogaban por un plato de cereal o un sándwich para
cenar en vez de su lasaña, la que terminaba o en la
basura o medio mordisqueada en sus bocas hasta que
ella no estuviera mirando. Luego terminaría en servi-
lletas o toallas de papel. Se aseguraban de tener suficientes productos de papel en la mesa durante la
comida. Lance seguía buscando las botanas. Esperaba
que su mamá no los hubiera olvidado en el supermercado.

—¡Bravo! ¡Las botanas! ¡Al fin una victoria! —exclamó Lance, sacando cosas ricas de una bolsa de com-
pras. Los dulces le ayudaban a pensar . . . y a sonreír.
Hablando de pensar, Lance tenía trabajo que hacer.

—Bien, problemas versus situaciones. Lo entiendo
—dijo.

—Entonces, ¿por qué no me ayudas a desempacar
la comida? Tengo una nueva receta que quiero probar
esta noche. La saqué de la revista *Food & Wine*.

¡Oh, no! ¡No otro desastre de receta! Aún con cada paso descrito y cada ingrediente pre medido, la Sra. García no podía ejecutar una comida decente.

—Sabes, Mamá —dijo Lance mientras se dirigía a las escaleras tan rápido como podía—, tengo trabajo que hacer. Lo siento.

—Claro que no, Señor. Vuelve acá.

Lance arrastró los pies hasta la cocina para ayudar a su mamá a guardar los comestibles y ayudarle con la cena.

—Esta noche tendremos pollo yucateco y vegetales rostizados, amigo. Espero que tengas hambre.

El estómago de Lance se revolvió. No tenía idea de lo que era pollo yucateco o cómo lo iba a hacer su madre sin quemar la cocina mientras doraba los vegetales. Él no quería colaborar en eso. Comenzó a vaciar las bolsas.

—¿Escuchaste eso, Papá? Vamos a comer pollo yucateco esta noche. ¡Y vegetales rostizados también!

—No puedo con "el pollo yoco" esta noche, querida. Estoy, eh, ayunando.

Lance sabía que su papá no estaba ayunando. Probablemente no podría ni soportar medio día sin comer. El Sr. García tenía un saco lleno de trucos para escabullir comida fuera de la casa. Una vez le había pedido al chico de la pizzería que dejara la pizza ordenada en un canasto en el jardín de enfrente, el que después introdujo en la casa por la ventana del pasillo, todo para que la Sra. García no escuchara el

timbre a medíanoche. Lance lo vio todo. Su papá lo sobornó con rebanadas de pizza hawaiana para que no dijera nada. De ninguna manera pudiera Lance pasar la oportunidad de devorar una pizza cubierta de jamón y piña.

—¿Ayunando? ¿Desde cuándo ayunas? —preguntó la Sra. García. Sonrió burlona e incrédulamente.

—Desde que empecé el nuevo programa de ejercicios. —El Sr. García ahora alternaba entre medio hacer escalada de montañas y tirarse en el suelo de agotamiento—. ¿No ves lo dedicado que estoy a esto?

—Sí, y yo creo que tengo un virus estomacal —anunció Lance—. Ésta es una situación mayor, que me da ganas de vomitar. Un gran problema. —Lance fingió hacer arcadas al ver los ingredientes que su mamá estaba poniendo en el mesón—. No creo que mi estómago pueda soportar ningún pollo sofisticado esta noche.

—Está bien —suspiró su mamá. Puso una mano en su cintura y apuntó hacia arriba con la otra. Se parecía a la Estatua de la Libertad—.Te haré sopa de pollo entonces.

—No, no, Mamá. De verdad, está bien. Sólo . . . comeré . . . unas galletas saladas. ¡Las galletas saladas no fallan!

Lance tomó una caja de galletas saladas y salió disparado hacia su cuarto. Si estaba con suerte, se comería la caja entera, luego se dormiría y se perdería todo el desastre de la cena. A cruzar los dedos.

Una vez arriba en el santuario de su cuarto, Lance se dirigió a su lugar secreto en su closet. Bajo la ropa colgada y detrás de pilas de cajas de zapatillas, había una pequeña repisa. Sus padres no sabían que la repisa estaba rota y una pieza del molde de madera se había salido. Este pequeño escondrijo tenía algo vital para Lance: El Manual de Malo. Era una carpeta roja de tres anillos común y corriente llena de hojas sueltas en blanco. El papel parecía estar en blanco. Pero escondía valiosa información que podía no solo exponer la identidad de Mister Malo, sino que también revelar todos los trucos en su libro de muy malo. Lance apagó la luz de su cuarto y prendió la lámpara de luz negra que tenía en el closet. Cuando iluminaba el papel con la lámpara, la tinta repentinamente se hacía visible y las palabras saltaban de la página.

Cada vez que Mister Malo tenía un cliente nuevo o un trabajo que hacer, siempre consultaba su Manual de Malo. Cada página detallaba fechas de cada broma, clientes, blancos, motivos, agresores y, por supuesto, la forma de la venganza. De sus notas, Mister Malo aprendía cuáles métodos funcionaban, cuáles no y cómo mejorar su ejecución en el futuro. También había una lista muy importante en la carpeta. Se titulaba "Los Malísimos". En esta lista estaba lo peor de lo peor de los agresores. Para calificar para un puesto en la lista de Malísimos célebres, más de tres clientes debían haberle escrito a Mister Malo sobre haber sido atormentados por esas criaturas sal-

vajes. Los Malísimos no podían ser detenidos con un poco de salsa picosa en sus sándwiches de pavo. O no. Estos tiranos estaban a otro nivel y tenían que ser tratados con extrema precaución. Mister Malo tenía la esperanza de que aprendieran la lección una vez que hubiera terminado con ellos. No quería hacerles daño. Quería rehabilitarlos. Mister Malo tenía esperanza para cada niño. Nadie había nacido siendo un abusón. Estaba convencido de que los podía hacer cambiar con una buena dosis de su propia medicina.

Con su Manual de Malo en las manos, Mister Malo revisó algunas de sus pasadas victorias para poder ver qué podría ayudar a Madeline. Los cojines que producen el sonido de pedos puede que no funcionen con Isabella. Se daría cuenta rápidamente. Sal en su botella de agua puede que no trasmita el mensaje. Mister Malo hojeó las páginas. Debía haber algo que él pudiera hacer para que Isabella se diera cuenta de que sufría mucho al ser ridiculizado, al ser objeto de burlas. Este problema necesitaba una solución apropiada. De pronto ahí estaba. Mister Malo no repetiría cómo ejecutó la Broma 34. No reciclaba. Pero había encontrado su fuente de inspiración. Isabella, ¡aquí vengo!

CAPÍTULO 3
LA CENA DE DOMINGO EN CASA GARCÍA

El fin de semana se estaba acabando. Lance había pasado casi todo el tiempo delineando el procedimiento exacto que utilizaría Mister Malo en respuesta a la carta de Madeline. Aparte de eso, se había entretenido con videojuegos, hecho s'mores en el microondas (como no tenía fogata), hecho su tarea e investigado en línea el nuevo set de Lego de Arquitectura. Lance era adicto a los Legos, pero no cualquier Legos sino los creados específicamente para futuros ingenieros y arquitectos. Como él. Tenía todo un cobertizo de madera en el patio dedicado a sus proyectos. Sólo quedaba una cosa por hacer en ese frío día de febrero: prepararse para la cena de domingo de su familia.

Había empezado hace alrededor de cinco años. El papá de Lance junto con los tíos y la tía de Lance, todos los García decidieron que sería una buena idea juntarse una vez al mes en la casa de Lance para una cena de domingo con todos sus niños. Y había muchos niños. Los grandes eran totalmente superados

en número en La cenas de domingo en casa García, lo que podría parecer ingredientes para el caos y el desastre. Lo era. Era también muy divertido, como una explosión volcánica que involucraba gritos, engullir comida y contar cuentos. Por supuesto la Sra. García no tomaba parte en la preparación de comida. Lo intentó, de verdad lo hizo. Pero después de su primer y último intento con una repugnante cacerola de atún que terminó en la basura, todos decidieron unánimemente que la Sra. García sería la anfitriona de la cena y que los demás traerían la comida. Lance sintió un gran alivio una vez que eso estuvo decidido.

Lance bajó las escaleras para ayudar a la Sra. García a poner la mesa antes de que llegara la banda. Ella ya había empezado. Los platos blancos circulares para la cena estaban perfectamente alineados alrededor de la mesa rectangular de madera en el comedor y estaban parcialmente cubiertos por platos de ensalada que hacían juego encima de ellos. Lance comenzó a poner los cubiertos mientras su madre ponía los vasos.

—Gracias, cariño —dijo.

—No hay problema.

El papá de Lance entró a la casa por la puerta de atrás, jadeando por aire con las manos sobre la cabeza. Debe haber intentado trotar otra vez.

—¡El piso, Rafael! ¡El piso!

Lance se rio mientras se aseguraba de acomodar todas las sillas alrededor de la mesa.

—Lo siento. Lo siento —balbuceó el Sr. García mientras sacaba algunas toallas de papel y comenzaba a secar el sudor del piso.

—No sé por qué te molestas en arreglar tanto la mesa para estas cenas. A nadie le importa que tan perfecto esté todo puesto. Ni siquiera se sientan formalmente a cenar todos juntos —dijo mientras respiraba profundo.

La Sra. García miró a su esposo. —Se llama ser hospitalario, querido. Ellos traen la comida todos los meses. Todo lo que tenemos que hacer es ser los anfitriones y proveer las bebidas. Lo menos que podemos hacer es crear un ambiente acogedor. Nadie quiere comer en caos. —Se puso la mano en la cadera y dijo con creciente impaciencia—, Ahora ve a darte una ducha. Tu familia llegará pronto.

—Hoy corrí una milla en 13 minutos. Muy pronto estaré listo para la competencia del Iron Man. —El Sr. García se estaba estirando, tratando desesperadamente de inclinarse y tocar sus pies.

—Estoy segura de que así será, cariño. Ahora, por favor, ve arriba antes de que tenga que fregar el piso otra vez.

Lance no tenía conocimiento de cuánto exactamente le debía tomar a alguien el correr una milla, pero estaba casi seguro de que 13 minutos no era muy rápido, que digamos. De todas formas, tenía que darle una A a su papá por el esfuerzo.

Lance y su mamá terminaron de preparar la mesa de manera impecable, pero había algo que le preocupaba a Lance . . . algo que esperaba se mantuviera muy lejos de su mesa.

—Oye, Mamá —dijo Lance—, ¿viene Tío Kelvin a cenar esta noche?

—No estoy segura, cariño. No lo hemos visto en casi un año desde la última vez que vino. Ya sabes cómo es.

Sí que lo sabía. Tío Kelvin era problemático. Siempre que venía, surgía un argumento entre él y otros adultos. Pero no era eso lo que le preocupaba a Lance. Más bien era su primo Manuel. Él estaba en el tope de la lista de **Malísimos** de **Mister Malo**. Manuel había recibido una dosis genética doble de crear problemas por parte de su padre y había acosado a Lance desde que tenía memoria. Cada vez que Lance se lo mencionaba a su papá, su Tío Kelvin se quejaba.

"Aprende a defenderte" decía. "Debes aprender a ser un hombre. No seas un cobarde".

De alguna manera, Kelvin siempre culpaba a Lance, lo que causaba discusiones entre los adultos mientras que Manuel observaba a Lance y se daba con el puño cerrado en la palma de la mano opuesta. Lance no entendía cómo el pelear con su primo mayor lo haría un hombre, como dijo su tío. El papá de Lance era una excelente persona y probablemente nunca le había pegado a nadie en su vida. Si el golpear a sus

familiares hacía de Lance un hombre como su tío Kelvin, no estaba interesado para nada en serlo. Al mismo tiempo, no soportaba ser molestado por su primo mayor. Para empezar, Manuel era un tanque comparado con Lance. Un día, Lance estaba mirando la televisión, absorto en sus cosas cuando Manuel vino corriendo desde el otro lado del cuarto y le dio un puñetazo en el estómago. Le sacó todo el aire, dejándolo imposibilitado de gritar de dolor o de pedir ayuda. Además si hubiera podido golpear a Manuel de vuelta, habría sido como un chihuahua pegándole a un elefante. El sólo pensar en el puñetazo en el estómago o en Manuel botar la comida de Lance de la mesa y derramar por todo el piso fue suficiente para que sus ojos se llenaran de lágrimas. Pero se negó a llorar. No más. Lance podría no ser fuerte, pero no se dejaría golpear nunca más. Si Manuel venía a cenar, Lance se le enfrentaría. Hoy sería su día.

Eran cerca de las 5 de la tarde cuando su tío Eddie llegó con su esposa Daniela y sus hijas, Lauren y Samantha. Todos se abrazaron y se besaron para saludarse. Lauren y Samantha se sentaron inmediatamente en el sofá y comenzaron a tocar las pantallas de sus iPhones. Eran unas chicas muy lindas. Pero usaban demasiado maquillaje. Demasiado. Lance no entendía el concepto del maquillaje. Hasta la palabra en sí no tenía sentido: "Maquillaje". ¿Por qué querrías parecer a alguien que no eres? Muchas niñas, como sus primas, eran mucho más bonitas sin toda esa pin-

tura en la cara. Brillo morado en los párpados, lápiz labial color rosa, goma de mascar. ¿De verdad creían que se veían mejor con todo eso?

Tía Daniela llevaba una bandeja gigante de aluminio llena de arroz amarillo y frijoles negros. —Deja que te ayude con eso —dijo la Sra. García. Juntas llevaron la bandeja a la cocina.

Lance las siguió haciendo como que ayudaba, principalmente porque quería sacar a hurtadillas una cucharada antes de que comenzara la cena.

Después llegó Tía Michele con Johnny y Raúl. Lance siempre había pensado que Tía Michele era el miembro más bonito de la familia. Tenía una sonrisa perfecta, pelo negro largo y brillante, la piel color cobre y ni una línea o arruga en la cara. Pero cuando se enojaba, ¡era mejor quitarse de en medio!

La Sra. García y Tía Michele se saludaron de manera incómoda y forzada. Lance tenía el presentimiento de que no eran exactamente amigas, pero que montaban el show sólo para mantener la paz en la familia. Nunca se hablaban mucho, pero sí que tenían mucho que decir a los de más. Michele había traído un plato entero de canapés. Lance debía actuar rápido o se acabarían antes de que se diera cuenta.

—Yo los llevo, Tía —dijo Lance—. Los pondré en la mesa.

Tía Michele sonrió burlonamente y guiñó un ojo. Sabía exactamente lo que planeaba Lance.

Lance se embarcó en una misión secreta llamada Operación Canapé. Se escabulló en el comedor sin ser detectado por sus frías primas adolescentes y sus familiares adultos conversadores. Abrió la tapa de la bandeja para revelar pequeños canapés de amor. Mini empanadas de carne molida, totopos de tortilla en forma de cucharitas rellenas de guacamole y un bollo de pan relleno con salsa de espinacas y alcachofas. ¡Olé! Lance sacó un plato de ensalada y lo llenó con comida. Para él, aguacates, espinaca y alcachofas eran el equivalente a ensalada. Mientras mascaba silenciosamente sus bocadillos y se lamía el guacamole de los dedos, escuchó lo que sonó como un volcán haciendo erupción por la puerta principal.

—Ya llegó el marrano —gritó Tío Michael, irrumpiendo en la casa.

Estaba cubierto de tinta por el mar de tatuajes en su piel y su pelo estaba parado al estilo Mohawk. Todos sus hijos invadieron la casa como una plaga de ratones. Michael llevaba un cerdo bajo su brazo. Literalmente. Siempre traía lechón rostizado que necesitaba ser desmenuzado. En la primera Cena de domingo en casa García, la Sra. García chilló al abrir la puerta y ver la cara del cerdo muerto mirándola. Su boca estaba abierta como si estuviera chillando en silencio al pedir auxilio. Su mamá había gritado como desquiciada. Prácticamente supersónica. De hecho, había sido tan ensordecedor que fue casi indetectable al oído

humano y en una frecuencia de sonido que sólo los perros podían escuchar. Es una historia verdadera.

—Te dije que no volvieras a traer esa cosa a la casa —gritó la Sra. García—. ¡Se supone que debías dejarlo en el garaje y cortarlo ahí! ¡¿Por qué nadie puede traer pollo alguna vez?!

—¡Oh, vamos! Es sólo un poco de tocino. A ti te encanta el tocino, ¿verdad, Sandra? —respondió Tío Michael con una sonrisa maliciosa.

La Sra. García golpeó a su cuñado en el brazo con el trapo de cocina a rayas mientras él llevaba el lechón a la cocina. No había nada que pudiera hacer ahora. Había comenzado la locura.

Después de que la familia se juntara para hacer un brindis y gritar, "¡*Salud!*" para celebrar el comienzo de otra cena, comenzó la rutina usual. Los adultos estaban en la cocina gritando, que era como se comunicaban ahora. A pesar de estar sentados uno al lado del otro, todos alzaban la voz unos sobre otros para ver de quién era la palabra victoriosa. La única vez que su familia estaba quieta o mostraba buenos modales era cuando el abuelo de Lance estaba de visita de Puerto Rico. En presencia del abuelo, no había gritos, ni palabrotas ni mucho menos lamerse las manos. Hasta Manuel y Tío Kelvin se transformaban de demonios en ángeles si el abuelo los estaba mirando. Aparte del par de veces al año cuando estaban presentes, todos los miembros de la familia parecían funcionales en el frenético ambiente que habían

creado, excepto la Sra. García. Estaba parada en una esquina, lavando los trastes sucios que había estado recogiendo. Su cuerpo era pequeño y delgado. Los rizos café se balanceaban de adelante a atrás mientras restregaba los platos que tenían pegados pedacitos de lechón asado. Parecía que la locura en su cocina se la iba a tragar y a escupirla de vuelta. A veces, Lance se sentía mal por ella durante estas reuniones familiares.

Lance se acercó a su mamá y le dio un abrazo. Sabía que lo necesitaba. Ella lo besó en la cabeza y le hizo un guiño.

En la sala de estar, Lauren y Samantha no se habían movido. Estaban embutidas en el sofá con sus ojos fijos en sus teléfonos. Lina estaba mitad caminando y mitad gateando alrededor del cuarto, resuelta a tirar cada control remoto que pudiera encontrar. Los otros hijos de Michael andaban corriendo alrededor de la casa subiendo y bajando escaleras los uno persiguiéndo a los otros. Lance se unió a Johnny y Raúl, quienes estaban en la mesa del comedor con trozos de páginas de las revistas de la Sra. García.

—¿Qué hacen? —preguntó. Sabía exactamente lo que estaban haciendo. Sólo estaba poniéndolos en evidencia.

—Estamos haciendo lo que tú deberías estar haciendo —contestó Johnny.

Johnny apenas tenía siete años, y ya era casi tan alto como su hermano mayor Raúl. Ese chico sí podía comer. También podía lanzar y batear mejor que cual-

quier otro niño de primer grado en el equipo de su liga pequeña de béisbol. Casi parecía injusto hacerlo jugar contra otros niños de su edad. Johnny era una bestia. Estaba tan obsesionado con el béisbol que usaba gorras de béisbol de los Yankees de Nueva York todo el año y a veces los jerseys también. Hoy, estaba estrenando una nueva gorra de los Yankees azul marino.

—Gané el Campeonato de Bolitas de Papel con Saliva los últimos tres meses seguidos. ¿Estás seguro de que quieren hacerlo? —preguntó Lance.

Lance tampoco estaba seguro de querer hacerlo. En enero durante el festival de bolitas de papel con saliva se había tragado accidentalmente unas de las bolitas de papel. Había ganado la competencia pero estaba un poquito reacio al encuentro de febrero. Ocasionalmente tenía recuerdos de la bolita atorada en la cosa que colgaba del fondo de su garganta. Fue traumatizante.

—Estamos haciendo bolitas para lanzar a Lauren y Samantha —dijo Raúl.

Pobre Raúl, hasta sus bolitas con saliva no eran tan buenas como las de Johnny. Raúl era un buen chico. No le haría daño ni a una mosca, y por lo mucho que intentara, nunca igualaría a su hermano menor en la mayoría de las cosas. Raúl tenía que estudiar furiosamente para sacarse buenas notas y practicar sin parar para siquiera calificar para el equipo de béisbol. El talento de Johnny era innato. A pesar de todo, el par

de hermanos eran los mejores amigos. Nada los podía separar.

Lance sintió un poco de celos por la relación estrecha de los hermanos. Le hubiera gustado tener un hermano. O incluso una hermana. Johnny y Raúl eran lo más cercano a hermanos que tenía. Sabía que serían primos para siempre, pero esperaba que también fueran amigos. Lance decidió unirse a sus primos en fabricar las bolitas con saliva. Quizás si a las chicas les llegaban unas cuantas bolitas voladoras con saliva se soltarían un poco. Pero, quizás ni se dieran cuenta, a menos que interrumpieran sus sesiones en las redes sociales.

Al final, Lance tuvo razón sobre la Operación Papel con Saliva. Lauren y Samantha se mostraron indiferentes a los empapados pedacitos de papel con saliva atorados en el pelo detrás de la cabeza. Fue decepcionante que no reaccionaran, pero verlas cenar con su pelo luciendo como arbolitos de Navidad pobremente decorados fue mucho mejor. En la mesa, el trío de chicos se rio en silencio todo el tiempo mientras se llenaban la boca de comida. Lance se aseguró de servirse comida varias veces. Pasaría todo un mes antes de que volviera a comer tanta comida casera de una vez sin tener que aguantar la respiración y fingir gusto a pesar del sabor agrio de las comidas exóticas de su mamá. Durante las **Cenas de los García**, Lance era como una ardilla preparándose para hibernar.

La Tía Michele y la Sra. García llevaban al comedor bandejas de flan y pastelitos de guayava y queso
cuando la puerta de entrada se abrió. De pronto, el
cuarto quedó en silencio y la peor pesadilla de Lance
apareció en la casa.

—No se alegren tanto de vernos —reclamó el Tío
Kelvin.

Avanzó a la mesa con sus botas raspando el piso
de madera. Sus curtidas manos sonaron como un
golpe de trueno cuando le palmoteó la espalda al
padre de Lance. Manuel entró detrás de él, andando
como un pato. Había engrosado desde la última vez
que Lance lo había visto. Y estaba más alto. Si se le
perforara con una aguja en el estómago, Lance estaba
seguro de que su primo volaría por el cuarto desin-
flándose con un silbido de globo de helio reventado.
La imagen hizo reír a Lance por un momento, pero
cuando sus ojos se encontraron con los de Manuel,
Lance se convirtió en un temeroso niño de cinco años
otra vez.

La Sra. García trajo unas sillas extra y las agregó a la
mesa. —Por favor, vengan a sentarse con nosotros. Me
alegra verlos a los dos otra vez. ¿Quieren un postre?

—Sí, por qué no —dijo Kelvin.

La familia de Lance estaba engullendo postres y
tragando café para evitar la conversación con los
recién llegados. Lance pidió levantarse de la mesa. El
ver a Manuel hizo que su estómago se revolviera y ya
no quería postre. Dijo buenas noches a su familia y

explicó que tenía que terminar su tarea antes de dormir. Era mentira. La verdad era que quería evitar a su primo a toda costa.

En su cuarto, Lance prendió su Xbox y retomó el último juego que había guardado de Dance Mania. Estaba casi en el nivel profesional. La música había comenzado cuando de pronto el juego de video se apagó.

—¿Pero, qué pasó? —suspiró.

Detrás de él escuchó una risita ahogada. Era la bebé Lina. Se había escabullido en el cuarto de Lance y encontrado el control remoto del Xbox. Normalmente, Lance se habría enfurecido que le hubieran apagado el juego de video. Trabajaba duro en pasar los niveles de baile. El ritmo, la minuciosa precisión, ¡Esas cosas costaban! Pero Lina se veía tan linda. Ahí estaba sentada vestida de traje deportivo rosa con su pelo amarrado en perfectas colitas. Su sonrisa revelaba cuatro dientes y sus grandes ojos café casi desaparecían al sonreír cuando sonrió. Tenía cara de conejita. Lance no se podía enojar con esa expresión tan linda.

—Está bien, Lina —dijo Lance. Le quitó el control remoto y le tomó la mano—. ¿Quieres bailar?

—Bailar —dijo ella.

Lance prendió el Xbox y Dance Mania comenzó. Juntos, él y Lina bailaron y se rieron. Lance hizo el baile de la gallina y otros movimientos ridículamente tontos. Lina se rio histéricamente e intentó imitar a su

primo mayor. Ambos estaban haciendo todos los pasos mal y no anotaban ningún punto, pero Lance estaba pasando el mejor rato de todo su fin de semana.

Lance imaginó a Lina creciendo y a alguien acosándola o molestándola, como Ryan y sus amigos lo estaban haciendo con Madeline. Se enfureció. Míster Malo debía ayudar a Madeline o a cualquier otra persona que necesitara su ayuda. Además Lance debía aprender a defenderse de Manuel.

De pronto, la puerta del cuarto de Lance se abrió de par en par. —Oh, aquí está —dijo el Sr. García—. Vamos, Lina. Dile adiós a Lance. Ya te vas a casa.

Lina abrazó y besó a Lance. —Adiós, Lance Bailarín.

El corazón de Lance se llenó de felicidad. —Adiós, mi Lina.

El Tío Michael subió las escaleras y se llevó a Lina. Ella aún iba haciendo el baile de la gallina. El papá de Lance los siguió. Lance se sentó en la cama, preparándose para redimirse en su juego de video cuando la puerta de su cuarto se volvió a abrir. Esta vez no era Lina. Manuel entró al cuarto y empujó a Lance de la cama y le quitó el control remoto. Lance cayó al suelo pero se las arregló con el codo para rodar y así evitar la caída al aterrizar.

—Como quiera, lo más probable es que eres muy malo en este juego —dijo Manuel—. Bailando como una niña pequeña . . . ¿Traes puesta tu ropa interior de Hello Kitty?

Lance estuvo sumido en sus pensamientos por un momento. Se había hecho una promesa. No iba a dejar que Manuel ganara hoy. Lance no iba a llorar y no cedería ¿Pero qué podía hacer? Nunca le ganaría en una pelea, así es que eso ni pensarlo. Pero Lance era mejor que Manuel en algo. En pensar. Planear. Simpatizar.

—Pensándolo bien, yo voy a jugar este juego y tú vas a bailar como una bailarina —dijo Manuel. Se rio histéricamente después de procesar lo que había sugerido—. Sí, baila como una pequeña bailarina, ¡niñita!

Lance todavía estaba desarrollando su plan de ataque. Vio que los labios de Manuel se movían, pero no salió ningún sonido. Lance volvió rápidamente a la realidad cuando Manuel se deslizó de la cama y se agachó al nivel de Lance, que todavía estaba en el piso. Su cara quedó a sólo pulgadas de la cara de Lance.

—Dije, "Baila como una bailarina" —gruñó Manuel—. A menos que quieras que limpie el piso contigo.

Manuel jadeaba fuertemente, como un perro con rabia. Su aliento olía a cebolla cruda y carne seca, y había pequeñas gotas de sudor formándose en la nariz y la frente. No importaba lo horroroso que se viera u oliera Manuel, Lance no cambiaría de opinión.

Manuel tenía rabia en los ojos y agarró a Lance por el cuello de la camisa, lo levantó del piso y lo

meneó como una muñeca de trapo. El jadeo de Manuel era más rápido que antes y sus ojos estaban locos de rabia.

Lance no sabía si fue de puro miedo de lo que pasaría si no mantenía su determinación pero se las arregló para tartamudear —¿Así es como actúa tu papá?

Lance sintió que Manuel apretaba más su camisa. Se le estaba dificultando respirar y estaba seguro de que ya tenía una marca en su cuello, pero miró a Manuel directamente a los ojos y continuó.

—Lo siento si él actúa así contigo. Así es que, si te hace sentir mejor el agarrarme así, entonces adelante. Limpia el piso conmigo.

Los primos se miraron por un momento. El único ruido en el cuarto era la respiración de Manuel. Entonces, Manuel bajó a Lance al piso. Le dio la espalda, se sentó en la cama y agachó la cabeza.

—Yo soy el que te está dando una paliza. ¿Por qué dices que lo sientes? —preguntó Manuel.

Lance casi estaba seguro de haber oído quebrarse un poco la voz de Manuel. Lance arregló su camisa, respiró profundo y se sentó al lado de su primo.

—Porque *lo siento*. Siento que tu papá te diga esas cosas. No sé lo que es tener a un papá así, pero sólo porque él actúa así, no quiere decir que tú también lo tienes que hacer. Compórtate mejor que él, y un día él verá lo que es ser un hombre de verdad, cuando te vea a ti.

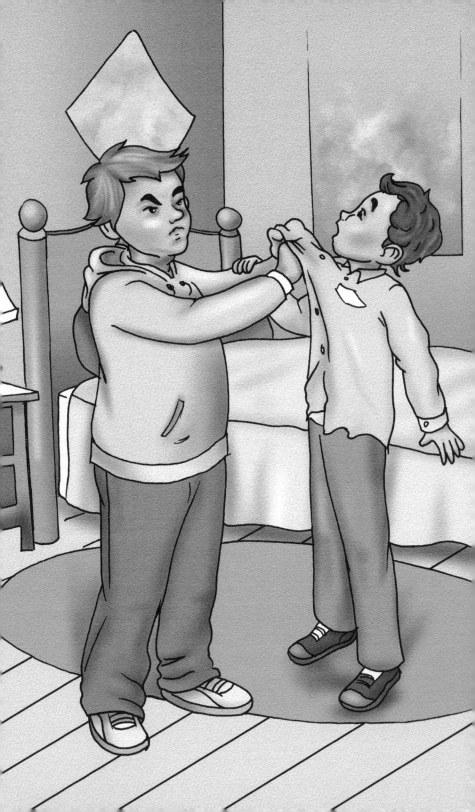

Manuel puso las manos sobre sus ojos. Lance pensó que quizás tenía una pelusa o una partícula de polvo dentro de ellos, pero pronto se dio cuenta de lo que pasaba. Manuel estaba llorando. Lance no podía creer lo que estaba viendo. No tenía ni idea de que Manuel fuera capaz de llorar y había dudado muchas veces de que tuviera los ductos necesarios para producir lágrimas. Sin embargo, ahí estaba, en la cama de Lance intentando ocultar sus sollozos. Lance hizo lo único que se le ocurrió. Se le acercó a Manuel y lo abrazó. Se quedaron sentados y abrazados por lo que pareció una película entera de dos horas, entendiendo los sentimientos del otro sin decir ni una palabra. Por primera vez, su abrazo no fue producto de una lucha o pelea. También fue la primera vez que alguien fuera eliminado de la lista de **Malísimos**.

Después de que se secaran las lágrimas y terminara la consolación, los primos jugaron videos . . . juntos. Juzgando por la falta de gritos y discusiones abajo, parecía que quizás los adultos también estaban aprendiendo a llevarse bien. Dos victorias en una noche. Eso merecía un gran y sonoro, "¡Salud!" de la familia García.

CAPÍTULO 4
LA PREPARACIÓN

Casi una semana después a las 12:10 pm, las clases de 3ro y 4to grado de la Escuela Primaria Oakland salieron al patio de recreo. Lance había estado observando a la presa de **Mister Malo** toda la semana. La perfección en las jugarretas no se lograba con impulsividad sino que con paciencia y sincronización. La hora de la venganza había llegado por fin.

Todos estaban abrigados con su ropa de invierno y listos para combatir el frío y para divertirse, jugar y (desafortunadamente para Madeline) molestar un poco. Madeline intentó pasar rápidamente sin que Ryan y sus amigos la vieran. Tenía el gorro de su abrigo ocultándole la cabeza deliberadamente, mantenía los ojos en el piso y apuraba el paso, tratando de llegar al banco ubicado en la esquina más alejada del patio de recreo. Su esperanza de no ser detectada fue en vano, porque era la única chica en el cuarto grado, y quizás en toda la escuela, con un acolchado abrigo multicolor con lunares. La delataba todo el tiempo.

Tan pronto Ryan, Quinn y Matt vieron a Madeline, comenzaron los ruidos de pedos. Ryan hizo fuertes ruidos de gases con la boca mientras Quinn y Matt fingían desmayarse del olor. Quinn puso la palma de la mano en la frente y fingió caer hacia el suelo. Matt puso las manos alrededor del cuello, el signo internacional de la asfixia, como si los gases de los pedos fueran gases letales. Todos se rieron sin parar.

Isabella se apretó la nariz con el dedo meñique levantado y se unió gritando, —¡Todos, La Pedos ha llegado! ¡Cuidado!

Todos los que tenían oídos se dieron vuelta para mirar y reírse, apuntando con el dedo y dándose codazos para avisarles a los otros del espectáculo. Fue horrible. Lance vio cómo Madeline caminaba tan rápido como podía, tratando de detener sus lágrimas, las cuales se convirtirían en pequeños cubitos de hielo. Lance tenía tantas ganas de enfrentar a esos abusadores. Quería caminar hacia a ellos y darles un golpe en la cara o patearlos en las canillas por el dolor que habían causado a Madeline. Ella no era una chica mala o una persona terrible. De hecho, era una de las personas más agradables y tranquilas que Lance conocía. Madeline nunca trataría de herir a nadie, y él encontraba súper injusto que durante el recreo una pila de imbéciles quisieran que esta niña inofensiva se sintiera inferior. Probablemente, todo lo que ella quería era sentirse querida o que se le tomara en cuenta por algo que no fuera tan horrible como gases corporales. Lo

que Madeline necesitaba era un amigo. Una voz. Necesitaba ayuda, pero Lance sabía que la violencia no era la respuesta. Un simple abrazo como el que le había dado a Manuel tampoco era la solución. La venganza sí lo era, y Mister Malo iba a ser el amigo secreto de Madeline. No dejaría que la volvieran a avergonzar, con o sin golosinas de fruta. Si pudo enfrentarse a Manuel, también se podía enfrentar a este grupo de abusones.

"Lo siento, Isabella, pero estás sentenciada", pensó Lance.

Charlie y Max, los mejores amigos de Lance, se le acercaron mientras estaba sentado en un banco con sus manos metidas en sus bolsillos, observando lo que la pobre de Madeline tenía que soportar durante el recreo.

—Lance, no vas a creer lo que encontré —dijo Max. Sacó de su largo abrigo azul un hueso bien grande, plano, con forma de óvalo y con un hoyo—. Lo encontré en mi patio cuando estaba haciendo una excavación. Tenemos que examinarlo con una lupa.

Lance se dio cuenta de que Max estaba entusiasmado, porque su ojo derecho se contraía levemente y se subía los lentes más veces de lo necesario. Típico Max. Sin los mejores amigos que tenía, Max pudo haber terminado siendo acosado y molestado en la escuela. Tenía pelo rojo intenso y tantas pecas que cubrían ampliamente su rostro que eran como una nueva piel. Max también estaba un poquito relleno en

los bordes. A menudo se asomaban unos rollitos de la cintura de sus pantalones y siempre llevaba las zapatillas desamarradas, lo que era peligroso en la clase de gimnasia. Durante vóleibol o kickball, Max se había tropezado por los cabos sueltos de sus zapatos un montón de veces, enviando su masiva cabellera roja derecho al suelo y sus lentes dando a parar a mitad de camino entre él y las gradas del gimnasio. Sin mencionar los golpes en la cabeza por la pelota mientras se encogía para protegerse del impacto. Todas estas cosas combinadas lo hacían un blanco fácil para que se metieran con él. Afortunadamente para Max, Lance y su amigo Charlie eran hermanos de por vida. Y nadie se metía con Charlie.

—Míralo, Dino Dan piensa que encontró un fósil de un T Rex —se rio Charlie.

Lance se fijaba en cómo la respiración de Charlie creaba esponjosas nubes en el aire fresco de febrero. Charlie era el tipo de chico que escupía despacio en el invierno para ver si su saliva se congelaba en el aire antes de tocar el suelo. Era delgado y fuerte sin ser demasiado grande. Charlie era el más joven de cuatro hermanos: así es que sabía protegerse por lo que nunca nadie se metía con él. Si lo hacían, podían llevarse un codo en la barriga. Charlie no era devoto a la escuela; su meta era entrar y salir lo más rápidamente posible mientras molestaba y jugueteaba con sus compañeros todo el día.

—¡No es un T Rex! —corrigió Max—. Es un Hadrosaurio Foulkii. Es el dinosaurio autóctono de Nueva Jersey. Y juzgando por el tamaño de esto, creo que puede ser parte de un cráneo.

Max examinó el hueso con sus gruesos lentes de marco plateado. Pegaba los ojos en cada parte del hueso, como si fuera una especie de tesoro enterrado de piratas.

Charlie miró hacia arriba y se pegó en la frente con la palma de la mano. —Lance, ¿estás escuchando esto?

Lance intentó parecer interesado, pero todo lo que podía hacer era pensar sobre su próximo paso y lo fuerte que se había pegado Charlie en la frente. Eso debe haber dolido, pero Charlie parecía no haber sentido nada. Quizás tenía dañado al sistema nervioso por pelear constantemente con sus hermanos.

—Lo siento, chicos. Me encantaría diseccionar el cráneo del Hadrosaurio, pero tengo que ir al baño.

Lance hundió la cara en su bufanda y comenzó a escabullirse lejos de sus amigos hacia los ayudantes del almuerzo junto a las puertas de la escuela. Se agrupaban, chismeando como lo hacían siempre. A veces hasta hablaban de los mismos estudiantes. Si alguien quería saber sobre cualquier rumor en la escuela, todo lo que debían hacer era pararse cerca de los ayudantes del almuerzo en el patio de recreo el tiempo suficiente para obtener la información necesaria.

—¡Es un Hadrosaurio! —gritó Max.

Lance no tenía tiempo de practicar nombres de dinosaurios. Era la **Hora de Malo**.

Mister Malo apretó fuertemente su pase de pasillo de madera con una mano y escondió la lata de soda que tenía metida en el bolsillo de su abrigo con la otra. Su bufanda negra cubría su boca y sus **muy malos lentes** oscuros de espía le protegían los ojos y le cuidaban la espalda. Hizo la danza internacional del pipí frente a los ayudantes del almuerzo y les rogó que lo dejaran ir al baño. Funcionó perfectamente. Nadie quiere que un chico haga pipí en el patio del recreo en el frío de invierno. **Mister Malo** se preguntó qué pasaría si alguien tuviera un accidente en el patio de recreo. ¿Se congelaría instantáneamente? ¿Se haría quizás una pequeña pista de patinaje sobre hielo amarillo para el animal ocasional que haya despertado de la hibernación? Qué importaba, tenía trabajo que hacer.

Después de pasar por el salón de la Sra. Ferrara para asegurarse de que no hubiera nadie ahí, **Mister Malo** se escabulló dentro. Revisó las bolsas del almuerzo que estaban en una gran caja de plástico al lado del escritorio de la maestra. Lance debía tener cuidado de no desalojar nada del escritorio de la maestra. Era un desastre, con pilas de papel y materiales para la clase casi desbordándose por los lados del mueble. Cualquier otro profesor notaría si algo fuera movido, pero la Sra. Ferrara se daría cuenta hasta de una pluma mal puesta en una pila de basura. Ella pros-

peraba en el caos organizado, lo que parecía ser la razón de por qué todo su salón parecía como si un tornado lo hubiera arrasado. Los estantes estaban llenos de libros rotos, a algunos les faltaban las tapas, todos compitiendo por un espacio en los estantes repletos. Las mesas de los chicos no se veían mejor, con papeles y lápices saliendo por los lados. Mientras más miraba Lance, más se sentía agradecido de ser estudiante de la clase de la Sra. Lombardi.

No tardó mucho en encontrar la lonchera de Isabella. Probablemente porque tenía su nombre bordado en grandes letras blancas.

—No puede ser tan fácil — Mister Malo se susurró a sí mismo.

Cuidadosamente sacó la lata de soda de su bolsillo. Si alguien lo encontraba con soda en la escuela, se metería en un gran problema. La soda estaba prohibida en la Primaria Oakland. Pero ¿quién se podría negar a una soda que estaba allí enfrente? Definitivamente no Mister Malo. Miró la lata por un segundo. Tan fría. Tan roja. Tan . . . burbujeante. Antes de que su dedo abriera la tapa de la lata de soda robada que había sacado del cajón de mugrero de su papá, Mister Malo salió del embrujo de su soda y se recordó a sí mismo de su misión. Debía cumplir cada parte de su broma correctamente. Había cero margen de error.

No le quedaba mucho tiempo. En sólo cinco minutos más todos los niños en el patio de recreo entrarían para almorzar. Algunos irían directo a la

cafetería y otros, como Isabella, pararían en el camino para recoger sus loncheras. Así es que Mister Malo hizo lo único que le faltaba. Bailó. Mister Malo golpeaba tambores y platillos imaginarios con un palito en la lata de soda. Rasgueó una una guitarra imaginaria al compás de la canción de rock and roll en su cabeza. Después la lata se convirtió en maraca para la canción en español que siguió. Una vez que le parecía que la lata de soda casi podía reventarse de la presión desde adentro, Mister Malo la metió en la lonchera de Isabella con una nota que le había escrito su madre. La había puesto al lado de un plato de galletas de chocolate quemadas que había horneado para él el día anterior. Estaba seguro de que Isabella pensaría que su madre la había escrito y puesto en su bolsa junto a la soda. La nota decía:

Para endulzar tu almuerzo. ¡Espero que te guste!

—Sí, Isabella —se dijo Mister Malo —. ¡Espero que te guste!

Sonrió mientras salía del caos que era el salón de la Sra. Ferrara. Al final del pasillo podía oír el gruñido de los estómagos de los de tercer y cuarto grados acercándose. En unos minutos, Mount Cola estallaría en la cara de Isabella. Con algo de suerte, subiría por sus fosas nasales y dentro de la nariz que ella había apretado tanto para burlarse de Madeline.

CAPÍTULO 5
MALO MANÍA

Charlie, Max y Lance pusieron sus bandejas de plástico sobre la mesa de la cafetería. Era viernes, el mejor día para almorzar de la semana. La Primaria Oakland era una escuela de opciones sanas, pero los viernes los estudiantes tenían la opción de algunas de sus comidas favoritas: pizza de queso (con o sin el pepperoni), macarrones con queso, ensalada de verduras mixtas (que casi nadie comía), galletas con chispas de chocolate, postre de tapioca y conos de helado de chocolate y vainilla en espirales. Max se lanzó a sus macarrones con queso como un hambriento reptil carnívoro y los acompañaba ocasionalmente con tragos de leche de chocolate bajo en calorías.

—Oye, ¿por qué nunca comes pizza los viernes? —le preguntó Charlie—. ¿Qué traes con los macarrones con queso?

Charlie separó sus rebanadas de pizza, provocando que una larga tira de queso se alargara a toda su capacidad. Siguió tirando para ver cuánto más se estiraba. Lance pensó que había llegado a un pie y medio.

—Macarrones con queso es un plato clásico de Estados Unidos —respondió Max con la boca llena de pasta medio mordida—. Además, no me gusta la pizza.

—¡¿Qué?! ¡¿No te gusta la pizza?! ¿Qué clase de chico eres? ¿Eres humano? —chilló Charlie. Sus manos sostenían su cabeza melenuda de cabello rubio oscuro, tratando de evitar que su cerebro fuera catapultado de su cráneo por el impacto de lo que Max había dicho.

Lance casi no había estado poniendo atención a sus amigos. Estaba observando a Isabella, quien esperaba a sus compañeras antes de abrir su lonchera. Pero escuchar que a Max no le gustaba la pizza rompió su concentración.

—Max, ¿cómo es posible que no te guste la pizza? —cuestionó Lance—. ¡Es la comida perfecta! Tiene masa, que es como el pan o los granos o lo que sea en la pirámide alimenticia. El queso, que es del grupo de los lácteos. Y luego la salsa de tomates, bueno, eso cuenta como vegetal.

—Y si le agregas el pepperoni, tienes el grupo de las carnes —agregó Charlie apuntando con un dedo, mientras que sus dientes desgarraban su rebanada de pizza con pepperoni—. Mira, soy un Hadrosaurio Contemporáneo. ¡Roaaarrrr! —La mano libre de Charlie hizo garras de dinosaurio que arañaron el aire hacia Max.

—¡Es Hadrosaurio Apestoso! —gritó Max, sus manos sacudiendo en el aire en frustración. Lance y Charlie se rieron. Max se estaba enfadando. Empezó a empujar sus lentes y su ojo comenzó a tener espasmos.

Lance estaba tan distraído con el debate que se llevaba a cabo en su mesa sobre la comida que casi no se dio cuenta de que Isabella escondía su lata de soda detrás de la tapa de su lonchera. Pero al instante se fijó en lo que sucedía y se enfocó en el objetivo.

—¿Es esa una soda? —gritó Catherine, la amiga de Isabella, apuntando con uñas pintadas de color neón a la bebida secreta de Isabella.

—¡Cállate! —susurró Isabella—. No digas nada. La podemos compartir. —Había bajado la cabeza y con los ojos azules que frecuentemente usaba para salirse de problemas ahora escaneaba el cuarto en busca de profesores y empleados de la escuela.

Las amigas de Isabella sonrieron y se taparon la boca con entusiasmo, esperando a que abriera la lata de burbujeante exquisitez. Las diademas se sacudieron y los cabellos se estremecieron con anticipación. Entonces sucedió. La lata roja de Isabella explotó. Un volcán lleno de lava color café estalló sobre Isabella y sus amigas. Algo de la soda voló por el aire, salpicando a Ryan y a sus amigos en la mesa de al lado. Isabella sintió la cara ponerse tan roja como la lata de soda. Su refresco había hecho un desastre. Estaba más

que avergonzada. El truco de Mister Malo se desarrollaba exactamente como lo había planeado.

—¿Qué fue eso? —gritó Ryan, limpiando su pelo gelificado.

Isabella se quedaba sentada, incrédula, sin poder hablar.

—¡Era soda! —gritó Quinn. Sus ojos cafés bien abiertos y dirigidos directamente hacia la mesa de Isabella.

Las amigas de Isabella limpiaron lentamente la pegajosa bebida de sus mangas y loncheras. —¿En qué estabas pensando? —dijo una de ellas—. ¡Mira lo que hiciste!

Isabella aún no se podía mover. Sólo miraba la lata en sus manos, que ahora botaba espuma sobre la mesa blanca empapando.

El salón del almuerzo quedó en silencio, sólo por un segundo. Lance pegó sus ojos a la mesa de Isabella, pero nunca se imaginó lo que vería después. Una rebanada de pizza medio comida voló por el aire desde la mesa de Ryan y cayó sobre la mesa de Isabella, derramando jugo de manzana en la bandeja de una de sus amigas. Los chicos se rieron y se palmotearon por su buena puntería. Todas las amigas de Isabella soltaron un chillido de disgusto, excepto su amiga Lola, quien se levantó, enojada por su pelo pegajoso con los chicos y lanzó su ensalada de verduras mixtas con aderezo de ranch a la mesa de ellos. La mesa de Ryan quedó en silencio cubierta de

repente con montones de cremoso aderezo de ensalada. Todos en la cafetería se miraban.

—¡Guerra de comida! —gritó Charlie. Se trepó a su silla e incitó una pelea, lanzando la leche con chocolate de Max al aire.

Los ojos de Lance se redujeron al tamaño de minúsculas pelotas de golf. En segundos, la cafetería de la Primaria Oakland se había convertido en una zona de combate. Bombas de postre de tapioca volaban en todas direcciones, detonando explosiones en su caída. Boomerangs de pizza de pepperoni volaban por el aire, abofeteando a todo el que se cruzara en su camino con queso solidificado y masa blanda. Torpedos de helado se lanzaban desde las esquinas del cuarto por bandejas convertidas en catapultas. Granadas de jugo de manzana rociaban a todo aquel que se atrevía a intentar salvarse de ser blanco. El sonido de los silbatos de los ayudantes del almuerzo rogaba por paz, pero no era suficiente para parar la guerra. Era una locura total.

Lance usó su bandeja como escudo contra la comida voladora. Escaneó el cuarto en busca de Madeline. Cuando la vio, ella sonreía, cubierta de macarrones con queso y lanzando su almuerzo por todos lados. Lance estaba feliz. Tenía razón. Todo lo que ella necesitaba era un amigo y un poco de risa. Mister Malo tenía otro cliente satisfecho.

Parecía que nada pararía la guerra de comida hasta que el Director Quiles irrumpió en la cafetería y

gritó —¡La próxima persona que lance una pieza de comida tendrá detención!

Y así, la guerra de comida terminó. Lo único que se movió fueron los macarrones con queso y el postre de tapioca que goteaba del cabello y la ropa de la gente.

—¿Quién comenzó esto? —exigió el Sr. Quiles, cruzando los brazos sobre su camisa a rayas.

Un océano de dedos sucios apuntó a Isabella. Ella se puso de pie, vestida de lo que había sido un suéter de cachemira rosa y pantalones caqui. Estaba en shock, su pecho ascendiendo y hundiéndose a mil por minuto.

—Vamos, Srta. Santos —dijo el Sr. Quiles. Sus manos apuntaron hacia la puerta—. A mi oficina.

Isabella tomó su sucia lonchera que goteaba soda y todo lo demás que tenía salpicado. Protestaba mientras caminaba hacia el director.

—¡Pero yo no hice nada! ¡No comencé la guerra! Mi soda explotó accidentalmente. ¡No lancé nada!

—Oh, entonces tenía una soda —dijo el Sr. Quiles, su alta y delgada figura amenazante desde la entrada, esperando a llevarla su oficina—. Usted sabe que las sodas no son permitidas en la escuela.

—Mi mamá la puso en mi lonchera. ¡No es culpa mía!

—Dudo que su madre la enviaría a la escuela con una soda —dijo el Sr. Quiles.

En ese momento Isabella se dio cuenta de lo que pasaba. No había sido su madre quien había puesto la soda en su bolsa. Ahora que lo pensaba, la letra de la nota ni siquiera se parecía a la de su madre. Debe haber sido . . .

—¡MALOOOOO! —chilló Isabella—. ¡Fue Malo, Sr. Quiles! —Golpeó el suelo con su pie con rabia y se puso las manos en las caderas.

—Sí, lo que hiciste fue *muy malo*. Me alegra de que esté poniendo atención en las clases de español, Srta. Santos. Ahora vamos a mi oficina a llamar a sus padres. Quizás eso la ayude a poner atención a las reglas de la escuela.

El Sr. Quiles miró a la sorprendida y congelada multitud que ahora cuchicheaba sobre la potencial implicación del vigilante de la Primaria Oakland, Mister Malo.

—Todos los estudiantes en esta cafetería van a pasar el resto del día limpiando este desastre.

Una enorme corriente de quejas y lloriqueos resonó en la cafetería.

—Quiero que la cafetería vuelva a estar como la encontraron. Los conserjes estarán aquí pronto con útiles de aseo. Que esto sirva de lección para todos.

Camino a la oficina del director, Isabella intentó explicar al Sr. Quiles quién era Mister Malo. Rogó, sollozó, aseguró tener evidencia, pero fue en vano. Se había convertido en una nueva víctima de las terribles travesuras de Mister Malo.

CAPÍTULO 6

CAMBIO DE PLANES

Lance esperó a que sonara el timbre de la escuela. Contaba los segundos mientras las manecillas del reloj se arrastraban en un círculo infinito. Sólo unos pocos minutos más y saldrían de la escuela por el fin de semana. Aparte de no tener escuela por dos días, Lance estaba especialmente entusiasmado por la película que vería el viernes por la noche porque Charlie y Max lo acompañarían. Dormirían en casa de Lance. Habría comida, risas, películas y, desafortunadamente, la planeación de una presentación para el lunes en el pasillo de la escuela sobre cómo desarrollar Hábitos Saludables.

El ejercicio sobre Hábitos Saludables era una fiesta y simultáneamente una competencia de las clases de cuarto grado. Cada clase era dividida en grupos de tres a cuatro personas, y cada equipo debía crear carteles para el pasillo que ilustrara maneras de mantener cuerpos sanos y funcionando adecuadamente hábiles. Bla, bla, bla. Lo único bueno era que el equipo con el mejor proyecto sería el anfitrión del día

sobre el tema para todo el grado. Los cursos de quinto de la Primaria Oakland elegirían a su favorito con una votación. Lance sabía que probablemente él y sus amigos no ganarían. Su equipo no era exactamente del tipo de los que hacen carteles. Lance vivía de dulces, comida para llevar, alimentos enlatados y los intentos fallidos de su mamá de cocinar. Charlie era un gran amante de la comida chatarra y sobrevivía de cualquier cosa que fuera salada o grasosa. Su definición de una porción de vegetales era una taza de palomitas con mantequilla hechas en el microondas. Max, bueno, comía comida saludable pero también comía cualquier cosa que pudiera meterse en el estómago. Era un basurero humano, lo que no podía ser algo bueno. Lance y sus amigos probablemente no tendrían una buena oportunidad de ganar la competencia sobre Hábitos Saludables, considerando sus estilos de vida, pero la preparación de un proyecto muy importante era una buena manera de convencer a sus padres de la necesidad de una pijamada de último minuto.

Lance miró por la ventana de su salón de clase a lo que parecía un paisaje antártico afuera. ¿Por qué siempre hacia frío en el invierno? Hasta el sol odiaba el invierno. Se levantaba tarde y se ponía temprano. Era una estrella inteligente. ¿Cómo podían esperar que los estudiantes funcionaran en esas condiciones climáticas tan miserables? Hablando de clima terrible, afuera estaba cayendo lluvia congelada. Había

olvidado su paraguas. Estar sin paraguas durante las lluvias congeladas de febrero definitivamente no era una buena forma de empezar el fin de semana. Pero, tampoco lo era el olor a basura podrida y húmeda después de la guerra de comida durante el almuerzo. El cabello café rizado de Lance estaba apelotonado con una mezcla de queso y helado. Tenía postre endurecido en las uñas, y la ropa que vestía podría mejor ser marcada con el símbolo de biocontaminante. Ni modo. Había valido la pena. Sonó la campana. Lance salió corriendo por la puerta hacia el pasillo. También lo hizo el resto de la Primaria Oakland.

—¿Ya hemos decidido sobre qué haremos nuestro proyecto, chicos? —preguntó. Sostenía su cuaderno de espiral y una pluma de tinta negra, listo para tomar notas del plan.

—Ya deja eso, hombre —ordenó Charlie—. Es viernes. ¿Tienes que preocuparte siempre por las tareas de la escuela? Es nuestro fin de semana, por Dios. Relájate.

—¡Charlie, no nos podemos relajar! —dijo Max, disponiéndose a tomar notas otra vez—. No me puedo arriesgar a sacarme una mala nota en esta tarea. Si me saco una C en este período, mis padres no me van a dejar ir a la apertura de la temporada de primavera del Campamento "Estación Dinosaurio".

Charlie echó la cabeza hacia atrás, miró hacia el techo y cerró los ojos. Esto sucedía a menudo con Charlie y Max. Rara vez coincidían en sus posturas,

pero por alguna razón se llevaban muy bien cuando no era hora de enfocarse en la escuela. Usualmente Lance era el mediador cuando se trataba de obligaciones académicas.

—Está bien, entonces, este es el trato —dijo Lance, ampliando su postura y manteniendo al trío unido—. Max, intenta encontrar un denominador común entre nosotros tres. ¿Qué es lo que todos nosotros hacemos para mantener nuestros cuerpos sanos? Charlie, pregúntales a tus hermanos mayores quién ganó la competencia cuando ellos estaban en cuarto grado. Ve si puedes encontrar cualquier similitud entre los ganadores, y toma nota de algunas de sus ideas, en caso de que no podamos crear una propia.

Max tomaba notas diligentemente mientras Lance hablaba. —Lance, ¿puedes repetir eso una vez más? Me perdí un poco después de que dijiste lo que yo debía hacer. Estoy tratando de escribir esto palabra por palabra.

Lance suspiró y habló más lento mientras repetía las tareas de Charlie para que Max pudiera escribirlas. Charlie comenzó a jugar un nuevo app de Angry Birds en su iPhone. Técnicamente no debía tener un teléfono en la escuela, pero Charlie no era muy bueno para seguir detalles técnicos.

—¿Y qué vas a hacer tú, Capitán García? —preguntó Charlie, todavía tenía los ojos puestos en su juego.

—Voy a preparar una impresionante guarida donde podamos pasar toda la noche —contestó Lance.

—Es lo más inteligente que has dicho hasta ahora —dijo Charlie.

Lance se fijó en su reloj y notó que se hacía tarde. Debía llegar a casa para preparar todo para las festividades.

—Bien, chicos, me voy. Nos vemos a las 6 —dijo Lance.

—Adiós, chicos —dijo Max.

—Nos vemos —dijo Charlie.

Max no se dio cuenta de que Charlie le hubiera sacado la pluma de su carpeta de anotaciones mientras se iba. Charlie no necesitaba la pluma pero sabía que Max se volvería loco buscándola más tarde. Se la devolvería en la casa de Lance. Lo hizo para molestarlo.

Lance salió caminando rápido de la escuela y descubrió a una estudiante mojada y acurrucada en los escalones. Seguro se le había olvidado el paraguas también. ¿Qué era ese sonido? ¿Estaba llorando? Lance se detuvo para ver quién era. Se agachó en los escalones y vio un rostro familiar.

—¿Isabella? ¿Qué estás haciendo aquí afuera en la lluvia helada?

Isabella se limpió las lágrimas y la nariz con la manga de su abrigo. Si Lance hubiera tenido un pañuelo se lo habría dado. Fue un acto un poco asqueroso y no muy de Isabella.

—Espero a que mi mamá me recoja —sollozó Isabella—. Prefiero estar aquí en la lluvia que adentro en la oficina del Sr. Quiles. ¡Es tan injusto! Ni siquiera era mi soda hoy en la cafetería. ¡La culpa fue toda de ellos por lanzar la comida! —dijo, apuntando a Ryan y a sus amigos, que ahora estaban acompañados por unas cuantas chicas, riéndose y haciendo sonidos de pedos a Madeline mientras ella corría rápido de la escuela.

Lance miró a Isabella y notó algo que no había notado antes. Su largo y negro cabello se estaba empezando a rizar bajo la lluvia. Isabella parecía tener el cabello rizado como Lance. Por alguna razón, siempre estaba liso y aplanado cuando Isabella venía a la escuela. Debía pasar horas cada día alisándolo, como lo hacía la mamá de Lance a veces en ocasiones especiales. Lance no entendía por qué Isabella haría eso. Se veía mucho más bonita con su cabello rizado. Tenía el presentimiento de que Isabella no era tan mala como parecía. Si sólo se portara como lo era de verdad en vez de intentar de ser la niña más popular todo el tiempo, quizás la gente la apreciara por su propio carácter y no por sus pretensiones.

En ese momento, la mamá de Isabella detuvo su moderno carro deportivo de dos puertas frente a la escuela y se bajó. Tenía la cara roja como un tomate. Lance no sabía si por el frío o la rabia.

—¡Súbete al carro AHORA! —gritó la mamá de Isabella, abriendo la puerta del pasajero.

Isabella se puso de pie y agachó la cabeza.

—Adiós, Lance —susurró.

—Y olvídate de la práctica de gimnasia este fin de semana, ¡porque estás CASTIGADA!

—¡Pero, Mamá! —se quejó Isabella.

—¡Ni una palabra más, señorita!

Mientras se alejaban, Lance se preguntó si eran lluvia o lágrimas lo que tenía en las mejillas. Le había ocurrido algo inesperado. Mister Malo había arreglado el problema de Madeline al hacerle una broma a Isabella, pero la situación no se había arreglado. Madeline seguía siendo molestada e Isabella recibiría un castigo por algo que ni siquiera había hecho. Lance pensó en cómo había hecho para que Manuel dejara de acosarlo. No había sido suficiente el levantarse de la mesa para arreglar el problema del acoso. Para lograr que el acoso terminara, tuvo que enfrentar el gran problema que enfrentaba Manuel. Lance no iba a abandonar a Madeline. No sabía cómo, pero tendría que seguir el trabajo de Mister Malo. Tendría que arreglar la situación. ¡PRONTO!

CAPÍTULO 7

GENTE CON ESPINAS

Cuando Lance llegó a casa desde la escuela ni se molestó en entrar. Se fue directamente al patio trasero y entró a su Guarida de Lego. Su encuentro con Isabella a la salida de la escuela lo dejó en una encrucijada. La broma de Mister Malo podía haber hecho sonreír a Madeline, pero también reveló grandes problemas en su técnica. Charlie y Max llegarían pronto. Había mucho qué hacer. Pero primero, Lance necesitaba aclarar su mente. La Guarida de Lego sería de gran ayuda.

Construir era algo que siempre le había gustado hacer a Lance. Desde que era pequeño hacía castillos y otras estructuras de bloques y Legos. Sin hermanos o hermanas con quien jugar, la construcción ocupaba su imaginación con nuevos mundos e infinitas posibilidades. Ya había dejado muy atrás los Lego Duplo color arcoíris de sus días de principiante. Incluso, la serie de modelos de Lego rotuladas para "edades de 7 a 12" le parecían muy fáciles y no lo suficientemente creativas.

Lance cruzó el patio, aplastando la grama blanda bajo sus pies mientras se acercaba a la vieja y decrépita cabaña ubicada en la esquina. Lance levantó la barra de metal oxidado, empujó la chirriante puerta de madera y entró a su Guarida de Lego. Dentro de la cabaña había un mar de pequeños bloques beige, blancos y negros, ensamblados para construir algunas de las más reconocidas maravillas arquitectónicas del mundo. Estaban montadas en una gran mesa de madera que alguna vez había sostenido el juego de trenes de alguien. El Sr. García había sacado los trenes y los rieles, dejando abierto un gran espacio para los juegos de Lego de Arquitectura de Lance. La Guarida de Lego ahora era el hogar del icónico Empire State Building, el Big Ben, la Torre Eiffel, la Torre de Pisa, la Casa Blanca e incluso la Torre Space Needle de Seattle. En la esquina estaba el proyecto más difícil en que se había embarcado Lance: la Caída de Agua. Era la réplica de una antigua casa construida sobre una cascada hecha por Frank Lloyd Wright, el arquitecto estadounidense más famoso. Lance aún estaba trabajando en él. Tenía 816 piezas y estaba rotulado para niños de 16+ años. Exactamente como le gustaba.

Se arrodilló para mirar directamente a su obra maestra inconclusa. Imaginaba una versión reducida de sí mismo en medio de su mundo de la Guarida de Lego, observando a los edificios a su alrededor. Estaba seguro de que un día construiría muchas cosas increíbles en la vida real. Por ahora, practicaría con sus

modelos. Lance entrecerró los ojos, concentrándose en la foto de la Caída de Agua en la caja de Lego. Lance nunca leía las instrucciones. Las hacía al ojo. Su mente había comenzado a escaparse de la revuelta confusión del día, cuando se abrió la puerta.

—Aquí estás. Pensé que te había visto pasar por el patio —dijo la Sra. García, entrando y sacudiéndose la helada lluvia de su capucha. Sus botas de agua pisaron fuerte en el piso mientras se acercaba a Lance.

—¿Cómo estuvo tu día?

—Bien.

—¿Bien? ¿Eso es todo? ¿No hay abrazo para mí?

—Estoy un poco ocupado en este momento —dijo Lance, sin sacar los ojos de la Caída de Agua.

—¿Ocupado, eh? Estás empezando a sonar como tu padre.

Lance se dio cuenta de que ella tenía la razón.

—Tú sabes a lo que me refiero. Tengo que terminar con este modelo.

—¿Qué pasa?

—No pasa nada. Estoy bien —gruñó Lance mientras intentaba conectar las piezas transparentes de Lego para crear un efecto de cascada de agua.

No funcionaba. Lance lo intentó otra vez. Y otra vez. Su frustración creció. Frustración con los Legos, frustración con Isabella, frustración con Mister Malo y, sobre todo, frustración con sí mismo. Lanzó los Legos hasta el otro lado del cuarto y se dejó caer en el piso con las piernas cruzadas.

—Bien, dos multas, por no abrazarme y por lanzar las Legos —dijo la Sra. García mientras se sentaba a su lado y ponía un brazo alrededor de su hijo. Lance apoyaba la cara sobre las palmas de sus manos y sus codos presionando las piernas dobladas. —Suelta la sopa.

—Es que . . . —Lance se detuvo. No podía soltar *toda* la sopa. No podía contarle todo. Nadie podía saber sobre Mister Malo, pero su mamá era absolutamente la mejor consejera del mundo. A veces podía ser realmente fastidiosa porque casi nunca se equivocaba. Debía buscar una manera de explicar sus problemas sin tener que decirle demasiado.

—Es que, verás, está esta chica en la escuela.

—Uf, no pensé que estaríamos hablando de chicas tan pronto. Tú sabes, Lance . . .

—No, no, no, no es eso.

—Oh, menos mal —suspiró con alivio la Sra. García y puso su mano en el pecho—. Puedes continuar.

—Bien, entonces, está esta chica en mi clase. No es popular. No es nada popular. Y unos chicos la han estado molestando en el patio de recreo. La chica más popular de la escuela siempre se les une. Bueno, hoy, esa chica popular, se metió en graves problemas por algo que no hizo. Al principio yo estaba contento con lo sucedido, porque parecía merecerlo. Pero después la vi y estaba tan triste, igual como lo estaba la chica que no es popular cuando la estaban molestando.

—¿Esta chica no popular tiene un nombre?

—Madeline.

—Entonces, ¿por qué te molesta que se rían de Madeline?

—No es justo. ¿Por qué alguien molestaría a una persona cuando no le gustaría que se lo hicieran a ellos? La Sra. García se enderezó y sonrió. —Aaah, bien, la vieja regla dorada.

—¿Qué es eso? —preguntó Lance. Esperaba que ella hubiera tenido algo directo que decir y no un tipo de adivinanza que él tuviera que descifrar.

—Es una frase muy antigua. Básicamente significa que debes tratar a otras personas de la forma en que a ti te gustaría que te trataran.

—Ya, bien, pero no todo el mundo lo hace —dijo Lance. Había comenzado a recoger las piezas de Legos del piso de la cabaña.

—Tienes razón. No lo hacen. Y a veces no lo harán nunca.

—Qué feo —dijo Lance.

—Sí, qué feo. Pero es posible que la chica popular y los acosadores puede que no sean chicos malos. Quizás sólo deben encontrar algo que los conecte a Madeline. O quizás Madeline los intimida.

Obviamente, la Sra. García nunca había visto a Madeline. Era la persona menos intimidante de la clase de la Sra. Lombardi, probablemente de todo el cuarto grado, incluso de toda la Primaria Oakland. Lance estaba empezando a pensar que ésta era una de las raras veces en que su mamá podría estar equivocada, sin contar la comida que preparaba.

—Oh, no, no creo que Madeline intimide a nadie —dijo Lance, negándolo con el meneo de la cabeza y alzando las cejas.

—¿No?

—Definitivamente no —aseveró Lance.

—¿Consideras que Madeline es inteligente?

—Súper inteligente.

—¿Consideras que es más inteligente que los chicos que la molestan?

—Oh, sí.

Lance pensó en Ryan y sus amigos. Estaba seguro de que si soplara aire en uno de los oídos de Ryan, saldría directamente por el otro oído. No había mucho en esa cabeza que lo impidiera. Isabella, bueno, podría ser inteligente si dejara de ver su reflejo cada vez que tenía la oportunidad y comenzara a leer siquiera un libro.

—Bingo —dijo la Sra. García. Ahora estaba de pie, caminando alrededor como si estuviera en la pista de algo—. Madeline está siendo acosada porque es muy inteligente y, al parecer, porque es tranquila. Estos niños no son malos, créeme. Están montando un show. Si quieres que ese show termine, tienes que pensar de manera creativa.

Lance sospechó que su mamá podía estar en lo cierto. Además podría ser una buena compañera. Pero Mister Malo trabajaba solo. No había tiempo para trabajo en equipo.

—Entonces, ¿qué crees que debería hacer?

—Levántate —dijo la Sra. García—. Quiero mostrarte algo.

Ayudó a Lance a levantarse, y salieron juntos de la Guarida de Lego y se dirigieron al sótano por la puerta de atrás de la casa. Lance no solía bajar al sótano por dos razones. Una: era donde la mamá de Lance hacía el lavado, y él no quería tener nada que ver con eso. Dos: era donde estaba el cuarto oscuro de su mamá. Ahí trabajaba en todos sus proyectos fotográficos. Adentro había lavaderos donde mantenía soluciones para revelar sus fotografías y tendederos para colgarlas a secar. Siempre decía que hoy día poca gente revelaba fotografías de esa manera porque era muy anticuado. Hoy en día la gente usaba computadoras y hacía "cosas más sofisticadas". Pero La Sra. García no estaba muy interesada en las computadoras o la tecnología. Su definición de "smartphone" era cualquier cosa con identificador de llamadas. Lance pensaba que su mamá tomaba las fotografías más bonitas. Detalles que nunca había notado sobre las cosas más simples resaltaban cuando miraba una de sus fotos. Ella no tenía mucho tiempo para pasar en su cuarto oscuro entre el trabajo en un estudio fotográfico en el mall y el de la Casa García, pero cuando podía hacerlo, estaba de lo más feliz.

Lance se sintió aliviado cuando su mamá pasó de largo por el cuarto de lavado y se dirigió al cuarto oscuro. Pasaron por una puerta giratoria hacia un

cuarto casi sin visibilidad. Los ojos de Lance se tardaron unos segundos en ajustarse. Un poco de luz roja le ayudó a Lance a mirar alrededor al montón de fotos que colgaban. Allí había varias tomas de paisajes nevados y témpanos colgando de árboles. Su mamá podría haber hecho un libro sobre un paraíso invernal con todas las fotografías que había tomado. Lance caminó alrededor del cuarto. Notó algunas fotografías de él construyendo un hombre de nieve y otras de él y su padre en una guerra de bolas de nieve.

—No sabía que habías tomado esas fotografías —dijo Lance—. Ni siquiera estabas afuera.

—Siempre tengo mis ojos en ti, incluso cuando no estoy a tu lado. También tengo un muy buen zoom en mi cámara.

Luego, la Sra. García sacó un álbum lleno de fotografías que había tomado en el jardín botánico. Lo revisó hasta que llegó a la fotografía de una rosa. Puso la fotografía de la rosa junto a algunas de margaritas y lirios.

—Dime lo que ves —dijo.

—Flores.

—Bien, déjame ser más específica. ¿Qué tiene de diferente la rosa?

Lance miró las fotografías más de cerca. Podía ver todo sobre las flores bajo la luz roja. Los tonos diferentes, el polen sobre ellas esperando ser recolectado por abejas y mariposas. Eran todas unas flores muy hermosas, pero la rosa era diferente.

—Eh, ¿tiene espinas? —preguntó Lance.

—¡Exactamente! Tiene espinas.

Lance se preguntó qué tenían que ver las flores y las espinas con Madeline. También se preguntaba qué hora era. Sus amigos llegarían pronto. No había mucho tiempo que perder en viejas fotografías de primavera.

—Mamá, sin ofender, pero ¿qué tiene que ver esto con Madeline?

—Verás, cada flor es una flor. Tienen pétalos, tallos, todo lo necesario. Pero no todas las flores tienen espinas.

—Quizás está tratando de defenderse. —Lance ya deseaba que su mamá llegara al punto. No tenía tiempo para una lección de botánica.

—O quizás tiene miedo. Quizás la primera rosa en la historia de la existencia floral fue dañada o herida de alguna forma y desde entonces produjo espinas para protegerse de ser herida o de ser vulnerable otra vez. Las flores no son tan diferentes de las personas. Todos tenemos las mismas partes que nos hacen lo que somos, pero todos tenemos una historia diferente. Algunos de nosotros tenemos espinas que pueden herir a otras personas, como esos chicos que molestan a Madeline. Algo los debe estar molestando, porque por dentro, son sólo niños. Como la rosa. Parece intimidante para tomarla, pero aun así es una rosa. Sólo debes encontrar la forma más inteligente de entrar en contacto con ella. Si eres lo suficientemente

inteligente, incluso puedes hacerlas coexistir en el mismo jarrón con otras flores sin cortarte o dañar a las otras.

El cuarto oscuro mental de Lance ya no era tan oscuro. La Sra. García había prendido la luz. Ryan, sus amigos, Isabella no eran diferentes a Manuel. Sólo se estaban protegiendo. Básicamente eran niños de cuarto grado con sus propias historias. Mister Malo había puesto una venda en la herida que Madeline había recibido por estar en contacto con las rosas. Ahora le tocaba a Lance sacarles las espinas. Le dio un abrazo y un beso a su madre y caminó hacia la puerta giratoria.

—¿Adónde vas? —preguntó su mamá.

—Voy a ir a decidir cómo lidiar con gente con espinas. Después de mi pijamada.

—Date una ducha primero —dijo su mamá mientras guardaba su álbum de fotos—. Apestas.

CAPÍTULO 8

SALCHICHAS Y FRIJOLES

Lance obedeció a su mamá y se metió en la ducha inmediatamente. Ser salpicado con almuerzos medio comidos dejó a sus poros desesperados por agua y jabón. Después de una buena y larga ducha, Lance se puso sus pijamas de franela favoritos, pantuflas de monstruo súper peludas y una mullida bata roja. Peinó su grueso y rizado cabello y se sonrió a sí mismo en el espejo. Sus dientes eran pequeños cuadrados blancos, alineados perfectamente uno al lado del otro. A pesar de que comía muchos dulces, Lance se preocupaba mucho de su salud bucal. Usaba seda dental dos veces al día y se cepillaba tres.

Lance bajó las escaleras para asegurarse de que todo estaba en orden para cuando llegaran sus amigos. Tenía bastantes papitas para Charlie, galletas y pastel para Max y bolsas de Skittles y Starburst para sí mismo. Tenía en mente ordenar montones de pizzas para la cena y algunos nudos de ajo. Todo parecía ir sin problemas hasta que apareció un inconveniente gigante.

—¿Mamáááááááá? ¿Qué estás haciendo? —Lance se escabulló hacia donde estaba su mamá, quien se agachaba en la cocina como si estuviera tratando de cocinar algo otra vez.

—Mmmmmm, hueles a limpieza antibacterial. Mucho mejor. Estoy preparando una cena para ti y tus amigos. No puedes tener una pijamada y planear tu proyecto para la escuela sin una buena cena —dijo, prácticamente cantando de entusiasmo mientras revolvía algún tipo de poción en una olla—. Estoy haciendo salchichas y frijoles.

—¿Salchichas y frijoles? ¡¿Salchichas y frijoles?! No queremos comer hot dogs y frijoles de bote. Esa no es comida de pijamada. ¡Esa es comida de campamento!

La Sra. García le lanzó "la mirada" de reojo. Lance se quedó quieto. Comerían un poco y luego se escaparían al segundo piso para ordenar pizzas desde el teléfono de Charlie. Además, tenía muchísimas golosinas escondidas bajo su cama, incluyendo la inmensa caja de botanas de fruta de Madeline. Iban a estar bien.

Durante la cena, la Sra. García sonrió orgullosa mientras iba por la mesa sirviéndoles a todos platos de comida color café. Salchichas café. Frijoles café. Una especie de salsa o líquido café que despedía un olor extraño. Los tres chicos miraban en silencio. Lance se encogió de vergüenza. El Sr. García suspiró. Charlie tragó y Max salivó.

—Esto parece caca —dijo Lance, frotándose entre los ojos.

—¡Tonterías! Gracias, Sra. García. Esto se ve fantástico —dijo Max mientras atacaba su plato. Algo de la comida cayó a la servilleta que tenía en sus piernas antes de llegar a su boca.

—Sí, es . . . muy . . . nutritiva —dijo Charlie. Movió la comida en su plato con su tenedor y comió un poco, haciendo arcadas entre medio.

Lance y su papá hicieron la rutina usual de mascar y escupir la comida en la servilleta.

—¿Qué es este sabor aromático que me llega de los frijoles? —preguntó Max—. Es picoso pero reconfortante. Extremadamente familiar.

Lance miró hacia el techo e hizo un gesto de negación con la cabeza. ¿Por qué era Max siempre tan educado y políticamente correcto?

—No es reconfortante. Es nauseabundo. Mamá, de verdad, ¿qué le pusiste a esto? ¡¿Cómo se puede arruinar comida enlatada?!

—Ay, Lance. Debes poner tu propio toque en las cosas, incluso si vienen de una lata. —La Sra. García se volteó hacia Max con una sonrisa grande—. Le agregué canela y comino. Tus papilas gustativas son muy perceptivas.

—¡Por supuesto! Canela. Muy creativo, Sra. García —dijo Max.

La Sra. García y Max hicieron tintinear sus tenedores como si estuvieran celebrando una victoria en un

juego de trivia de condimentos. Mientras hacían salud con sus cubiertos, Lance y su padre le mostraron a Charlie la vieja rutina de la servilleta a la boca. Lance estaba seguro de que Charlie estaba agradecido, dada la enorme cara de alivio que mostró una vez que la mezcla de canela y comino estuvo fuera de su boca. Después del doloroso platillo de salchichas y frijoles, los chicos se retiraron al cuarto de Lance.

—Oye, ¿tienes que comer así todos los días? No quiero ofender, amigo, pero la comida de tu mamá es ¡asquerosa! —dijo Charlie. Sacudía la cabeza mientras recordaba las horribles cosas que tuvo que poner en su boca.

—Ahora sabes por qué me gustan tanto los dulces —Lance explicó.

—No sé de lo que están hablando. Fue fantástica. Amo las salchichas y los frijoles —Max anunció. Su estómago le contestó algo.

—Sí, pero tu estómago no —dijo Charlie.

Un fuerte sonido como de rotura tronó en el cuarto. El rostro de Max se puso rígido de sorpresa. No tenía idea de que su gas haría tanto ruido. Había planeado con que fuera silencioso pero letal, no un bombardeo. Todos se rieron tanto que se enroscaron de lado y hacia atrás. Nadie supo si sus estómagos les dolían de la risa o de la cena que pasaba por sus aparatos digestivos.

—¿De verdad los frijoles te hacen echarte pedos? —preguntó Lance, medio riendo y limpiándose las lágrimas de sus ojos.

—En realidad, hay muchos alimentos que te hacen gases. Los frijoles, el brócoli y las verduras verdes. Es algo normal del aparato digestivo. Una vez mi papá me cantó una canción sobre los frijoles —dijo Max—. *Frijoles, frijoles. Son buenos para el corazón. Mientras más comes, más pedos tienes. Mientras más pedos, mejor te sientes. Así es que come tus frijoles con cada comida.*

Charlie y Lance miraron a Max en un silencio incómodo.

—Nunca vuelvas a cantar esa canción en público otra vez. Nunca —sugirió Charlie.

—¡Ahí está! —gritó Lance. Todos esos alimentos que producían pedos y gases habían movido los engranajes de su cerebro. Se le había ocurrido cómo ganar la competencia de los Hábitos Saludables y resolver el asunto que Mister Malo no había podido.

—Nuestro proyecto puede explicar que el comer comida sana puede a veces hacerte tirar pedos y que los pedos son algo totalmente normal y sano que todo el mundo produce. ¡Ganaremos el concurso y nadie más molestará a Madeline por tirarse un pedo!

—¿Qué tiene que ver esto con Madeline? —preguntó Max.

—Eh, nada, sólo digo. —Maldición, se le había salido—. Llamamemos el proyecto . . . ¡PEDOLICIO-SO!

El cuarto se quedó en silencio por un momento hasta que Max dejó salir otro pedo. —Lo siento, chicos. Esas salchichas con frijoles han sido orgánicas. Son muy potentes. —Se soltó un terremoto de risas.

—¡Me encanta! Lance, de verdad, eres un genio. ¡Nunca había estado tan entusiasmado por una tarea en toda mi vida! —dijo Charlie. Palmoteó la mano con la de Lance.

—Repugnante, sí. Inapropiado, quizás. Pero es totalmente válido, biológicamente válido. Me apunto —aprobó Max.

Juzgando por los gruñidos que todos escucharon, las salchichas y los frijoles medio digeridos en el estómago de Max también estaban de acuerdo.

Mientras los chicos compartían ideas de cómo presentar su proyecto, los papás de Lance vinieron a decir buenas noches.

—Veo que trabajan duro —sonrió la Sra. García—. Muy bien. Uf, ¿qué es ese olor? —Olfateó el aire como un sabueso tratando de encontrar el origen del hedor que aniquilaba sus fosas nasales.

—Perfume de Salchichas y Frijoles —dijo Lance, sin interrumpir el trabajo sobre el borrador de su proyecto.

La mamá de Lance sacudió el aire frente a su rostro para ventilar el Perfume de Salchichas y Frijoles.

—Es muy . . . terrenal. No se queden despiertos hasta muy tarde. Einstein también descansaba.

—¿Quién? —preguntó Charlie. Miró a la Sra. García con cara de pregunta y entrecerró los ojos mientras que repasaba el nombre en su cerebro, buscando reconocerlo.

Max miró al techo. —¿De veras?

—Voy a ver si puedo ayudar a los chicos con su tarea, ya sabes, como soy un gran aficionado a la salud —dijo el Sr. García. Se veía muy serio.

La mamá de Lance dejó salir una risa involuntaria. Fingió carraspear para disimularla.

—Buenas noches, chicos —dijo mientras salía del cuarto.

—¡Por fin! —exclamó el Sr. García cuando se cerró la puerta. Sacó las llaves de su auto y se hincó en el piso al lado de los chicos, poniendo sus manos en los muslos—. ¿Quieren algo de Taco Bell? ¿Burritos de carne y frijoles? ¿Nachos con todo? ¡Me muero de hambre!

Los chicos se miraron, sonrieron y asintieron con las cabezas.

—¡PEDOLICIOSO!

CAPÍTULO 9

CHORRITOS DE HERSHEY Y TACOS

El Sr. García lideró el camino mientras los chicos lo seguían a través de la casa hacia el carro. Era obvio que era un profesional en escabullirse. En silencio, de puntillas a través de los pasillos, les hacía una señal a los chicos de que pararan cada cierto tiempo levantando silenciosamente su mano. Paraban por unos segundos, asegurándose de que la Sra. García no se había levantado. El grupo entonces continuaba en su trayecto hacia la entrada. Una vez afuera, los chicos respiraron con alivio.

—Eso fue intimidante —jadeó Max. Había contenido el aliento casi todo el tiempo que estuvieron serpenteando por los pasillos.

—¡Esto es fantástico! Sr. García, ¡usted es mucho más buena onda que mi papá! —dijo Charlie.

El papá de Lance chocó cinco con Charlie y abrió las puertas del carro. El grupo de varones se metió en el Toyota amarillo 2001, que él llamaba su "Barco Bananero" y que todos los demás pensaban que era un taxi. Las llaves echaron a andar el motor y el grupo

comenzó su camino a Taco Bell. El Sr. García subió el volumen de la música de su estación de radio favorita. —Oh, ¡ésta es mi canción! —dijo y comenzó a tocar una batería imaginaria en el volante. Lance se hundió en su asiento y se cubrió el rostro. A veces su papá podía ser súper vergonzoso. Pero a sus amigos parecía no importarles el comportamiento socialmente inaceptable de su padre. De hecho, lo acompañaron a tocar instrumentos invisibles y cantar el coro de la canción en la radio.

"*Why you gotta be so rude? Don't you know I'm human too? Why you gotta be so rude? I'm gonna marry her anyway!*"

Max y Charlie cantaron, "*Marry that girl!*"

Lance se unió a sus amigos. Todos cantaron a todo pulmón y se movieron al ritmo de la música. Hasta Max se estaba soltando. Tenía los ojos cerrados y movía la cabeza de atrás hacia adelante. Las manos de Charlie se movían con la letra. Lance observó a sus amigos y movió las manos como serpientes deslizándose por el aire. No sabía lo que estaban haciendo los otros estudiantes de cuarto grado de la Primaria Oakland el viernes a las 9 de la noche, pero de seguro no se estaban divirtiendo tanto como ellos. El Barco Bananero llegó a Taco Bell después de un par de canciones.

—Muy bien, chicos —anunció el Sr. García— a comer se ha dicho.

El trío salió del carro y siguió al Sr. García hacia el restaurante. Charlie aún se movía al ritmo de la canción que tenía pegada en la cabeza. A cualquier observador extraño debía parecerle que Charlie sufría de convulsiones o que tenía un tic nervioso o algo parecido.

Taco Bell estaba casi vacío. Había sólo una caja registradora abierta y una señora de edad pagando por su orden. La cajera miraba a la mujer con una expresión en blanco. Lance se preguntaba por qué la empleada lucía tan enojada. Todo se aclaró cuando miró el mesón. La mujer estaba pagando con centavos y contando cada uno de ellos. Había una pila gigante de monedas en el mesón.

—$2.25. $2.26.

El total de su orden era $10.50.

—Dios mío, vamos a estar aquí toda la noche con esta señora —susurró el Sr. García.

—$2.27. $2.28.

—Eh, señora, ¿podríamos ordenar mientras ella cuenta sus centavos? —le preguntó el papá de Lance a la cajera.

—No, no puede. Soy la única que trabaja la registradora y no puedo ingresar otra orden hasta que esta esté pagada.

—¿Hay un supervisor con el que pueda hablar? —preguntó.

—Yo soy la supervisora. —La mujer detrás del mesón apuntó a su identificación.

—Mire, sólo quiero 20 Doritos Locos Tacos —dijo el Sr. García.

—Ah, y unos nachos —agregó Charlie.

—Y dos chalupas —dijo Max.

Lance miró a Max con la boca entreabierta y los ojos bien abiertos.

—¿Qué? Me gustan las chalupas.

—Una vez más, señor, no puedo tomar su orden hasta que termine con esta cliente.

—$2.29. $2.30.

—¡Oh, por Dios, aquí tiene diez dólares! —dijo el Sr. García, poniendo un billete sobre el mesón.

—Pero, chico, sí que estamos apurados, ¿eh? —comentó la viejita. Hizo una mueca y observó al papá de Lance—. No sé por qué estás tan apurado. Por como luce tu barriga no necesitas ni más Doritos ni más tacos.

—No puede ser, no dijo eso —dijo Charlie, cubriéndose la boca con una mano.

—Señora, sólo estoy tratando de ayudar. Mis niños tienen mucha hambre. Necesito llevarlos a casa a dormir. —Lo que el Sr. García en realidad quería decir era que necesitaba llevar a los niños a casa antes de que su esposa se diera cuenta de que habían salido.

—Sí, sí, lo que digas. ¡Disfruta tus Doritos! ¡Santa!

La mujer le arrebató su bolsa de comida a la cajera y se movió a paso de tortuga hacia la puerta.

Lance quedó asombrado con el Encuentro de Taco Bell. Qué viejita tan mala. ¿Y quién paga en centavos?

En serio. ¡Centavos! Él sólo quería su comida y su cama.

Cinco minutos fue todo lo que le tomó al grupo comer veinte Doritos Locos Tacos, dos chalupas y una orden de nachos con todo mientras se sentaban en el Barco Bananero. Comieron en silencio excepto por un eructo ocasional. Lance aún masticaba nachos que había guardado en sus mejillas. El queso y la crema agria se estaban cuajando y mezclándose con una poza de saliva. Lance se sintió obligado a comérselo debido a que ya se estaba empezando a podrir en la boca. Ya no cabía nada más en sus cuatro estómagos hasta que algo saliera por el otro lado. Una sensación quemante empezó a crecer en la boca del estómago de Lance y subió por su garganta como una bullente explosión a punto de estallar. Respiró profundo y tragó los nachos que tenía guardados para poder empujar lo que parecía estar creciendo involuntaria- mente en su pecho. Lance juró que podía sentir los reprimidos nachos viajando por la tubería de su cuer- po y llegando al estómago, dando el golpe de gracia sobre los tacos bañados en salsa picante que ya esta- ban ahí. Rezó para que el perdedor de la lucha no fuera expulsado inesperadamente de la boca, o peor, de otra parte.

—Y eso, mis amigos, es lo que se llama una cuarta comida de día —dijo el Sr. García.

Se lamió los dedos y lanzó el último envoltorio de taco a una bolsa de papel que contenía toda la basura

antes de guiar el carro fuera del estacionamiento y hacia la calle. El grupo iba a buena hora hasta que quedó atrapado detrás de una antigua camioneta azul marino que iba a 15 millas por hora. No había otros carriles en su lado del camino, así que el Barco Bananero no podía pasar al otro carro. Iban a paso de tortuga.

—¿Qué le pasa a esta persona? ¡Es una zona de 35 mph! —refunfuñó el Sr. García.

Puso las luces altas para avisar al conductor del otro carro que se apurara. No hubo respuesta. La tortuga azul siguió gateando la oscura y desolada calle. Después de unos minutos, el Sr. García se frustró y tocó la bocina. Ahí es cuando las cosas empeoraron. La camioneta azul paró. Paró en medio del camino.

—¿Qué pasa? —preguntó Lance.

—No lo sé —dijo su papá.

Un momento después, la puerta de la camioneta se abrió. Era la viejita del Taco Bell.

—Esto debe ser una broma. Quédense aquí, chicos. Yo me hago cargo de esto —dijo el Sr. García. Salió del carro y cerró las puertas.

—¿Qué crees que quiera? —preguntó Max.

—Quién sabe. Es una viejita loca. ¿Viste lo lento que iba? Los ancianos deberían tener exámenes de conducir cada año para asegurarse de que aún pueden conducir —dijo Max.

—¡Shhhh! Escuchemos —dijo Lance.

Todos miraban a través del parabrisas mientras el Sr. García y la viejita hablaban bajo los brillantes faros

delanteros. No podían entender las palabras, pero no hacía falta ya que su comunicación verbal terminó rápido. De la nada y con cero anticipación, la viejita le pegó con la bolsa al papá de Lance. Todo pasó tan rápido que los chicos casi no tuvieron tiempo de procesar lo que habían visto. El Sr. García se cubrió del impacto con los brazos y comenzó a correr. La señora se había vuelto caprichosamente rápida en un par de segundos y lo hizo sudar la camisa, persiguiéndolo con su bolsa gigante.

Charlie intentó abrir la puerta del carro, pero estaba con seguro. —¡Oye, abre las puertas! ¡Tu papá necesita ayuda!

—¡No puedo! Nos dijo que nos quedáramos en el carro —dijo Lance.

Trató de pensar en qué hacer. Pero todo sucedía tan rápido, era difícil concentrarse. —¡Y no le puedes pegar a una viejita!

—No le voy a pegar —dijo Charlie. Estaba intentando bajar su ventana para salir del carro, pero también estaba con seguro. ¡Voy a intentar distraerla mientras tu papá se sube al carro!

—Oh, no. Esto no puede estar sucediendo. ¡Esto no puede estar sucediendo! —Max comenzó a mecerse de adelante hacia atrás. Sus manos sostenían la cabeza para que no golpeara sus piernas—. ¡Nunca voy a entrar a Yale si me arrestan por conspirar para golpear a una anciana!

—¡Nadie le va a pegar a nadie! Cálmate —dijo Lance. Entre los esfuerzos incesantes de Charlie por escapar del carro y los gemidos de Max de no poder entrar a la escuela de Paleontología, el cerebro de Lance estaba a punto de explotar. Su papá aún esquivaba y zigzagueaba en la oscura alameda. Era como verlo hacer el DVD de ejercicios en la sala, excepto que la señora con la bolsa era mucho más severo que el tipo musculoso de la tele.

—¡Ni siquiera deberíamos estar aquí! —Max comenzó a hiperventilarse. Tomó la bolsa de Taco Bell de Charlie y se la puso en la boca, inhalando y exhalando rápidamente—. Me van castigar por una semana. Un mes. ¡Un año! Dios mío, ¡no podré ir a la inauguración de la temporada del Campo Dinosaurio!

Charlie se dio vuelta y agarró el cuello de la camiseta de Max. —¡Oye, contrólate! —gritó.

De las profundidades de la silla salió un profundo estruendo. La cara de Max se puso tan roja como su pelo. La bolsa blanca de papel que había puesto sobre el rostro para ayudarlo a respirar ya no se inflaba. Era posible que hubiera dejado de respirar del todo. No había forma de que hubiera podido parar esa fuerza. La nariz de Lance se enroscó, detectando un mal olor en el carro.

Charlie aún sostenía el cuello de la camisa de Max. El rostro de Charlie retrocedió y su cabeza se movió de un lado a otro por un par de segundos.

—¿Vomitaste? —preguntó.

—No puedo procesar las chalupas bajo este tipo de ansiedad —dijo Max.

—¡Ay, no! ¡Vómito! ¡No empieces! ¡Me vas a hacer . . . ! —gritó Charlie. Soltó la camisa de Max y saltó hacia el otro lado de los asientos. Ya estuvo. Gritos. Pedos. Vómitos. Ancianas locas. Ya era suficiente. Lance sabía lo que debía hacer. Su madre le había dicho que si alguna vez un extraño se acercaba mucho al carro, debía apretar el botón de pánico en las llaves. Las llaves ya no estaban en el carro, así es que hizo lo segundo que se le ocurrió. Lance presionó la bocina y la mantuvo apretada para desatar un escándalo. Unos segundos más tarde, la anciana se escabulló y el papá de Lance corrió al carro. Lance abrió la puerta del conductor y su padre entró jadeando. Lo único que se escuchaba en el carro era su fuerte respiración. No se escuchó ningún otro sonido por un buen rato hasta que empezó a sonar el teléfono del Sr. García. Era la Sra. García.

—Hola, cariño. No, estoy bien. Sólo tuve que ir a la farmacia. Max tenía un poco de indigestión, así es que llevé a los chicos a comprarle Pepto-Bismol. Por supuesto que no fue tu comida. Muy bien. Nos vemos pronto. —Clic.

—A propósito del Pepto-Bismol. No es mala idea ir a comprarlo. Max tuvo un accidente —dijo Charlie.

—Oh, me preguntaba qué era ese olor . . . —dijo el Sr. García, frotándose la nariz y volteándose para mirar a Max en el asiento trasero.

Max asintió sin decir ni una palabra.

Todos se empezaron a reír. Una risa salvaje, como de una bruja, incontrolable. Max estaba entre llorando e histérico. Lance se agarró el estómago para evitar vomitarse encima. Entre risas Charlie simuló ser la viejita que golpeaba al Sr. García con su bolsa.

—No recuerdo la última vez que me reí tanto —dijo el Sr. García—. Max, la próxima vez que sientas que vas a vomitar, saca la cabeza por la ventana.

—¡Las ventanas estaban cerradas! ¿Se acuerda? —gritaron los tres chicos al unísono.

Otra ola de risa se apoderó del carro. Una vez que se había acabado hasta la última onza de risa de su cuota corporal, el papá de Lance dijo algo en serio.

—Chicos, no deben mencionar esto nunca más. Ni los tacos. Ni que me golpeó una viejita. Ni el vómito. Lo que pasa en el Barco Bananero se queda en el Barco Bananero. ¿Trato hecho?

—Trato hecho —dijo Lance.

—Trato hecho —repitieron sus amigos. Los chicos sellaron el trato con un saludo de pedos. Puños cerrados, los golpearon juntos y sonó una explosión de pedos.

—Qué suave —dijo el Sr. García—. Ahora, vamos a comprar el Pepto-Bismol.

El Barco Bananero rugió en risas, lágrimas involuntarias y un gas ocasional mientras iba camino a casa.

CAPÍTULO 10
PEDOLICIOSA

Ya era lunes por la mañana y el pasillo del cuarto grado de la Primaria Oakland zumbaba de tanto movimiento. Enjambres de estudiantes se evitaban constantemente para abrirse paso. Eran como abejas bailando ansiosas para ir a hacer su trabajo. Todas las clases habían comenzado a instalar sus presentaciones para la Competencia de Hábitos Saludables para que fueran evaluadas anónimamente por los del quinto grado. Algunos chicos se vistieron de frutas y vegetales, esperando obtener unos cuantos puntos extra. Otros habían mandado confeccionar camisetas para coordinar con sus temas. Lance y su grupo no habían hecho ningún intento desesperado por impresionar a los jueces. Confiaban en la calidad y originalidad de sus esfuerzos.

Antes de que la competencia pudiera comenzar, los profesores del cuarto grado revisaban el trabajo de sus estudiantes. Max, Lance y Charlie esperaron ansiosos su turno. No habían hecho mucho el viernes por la noche porque habían pasado gran parte de la

tarde lanzando Perfume de Salchichas y Frijoles y bombardeando de fetidez el baño después de su investigación en Taco Bell. Los chicos se habían juntado en la biblioteca el sábado para planear su tarea y trabajaron todo el domingo para poner los últimos los detalles.

—¿Qué crees que va a decir cuando vea nuestro proyecto? —preguntó Lance.

—Creo que dirá, "¡Chicos, ustedes son los mejores!" —declaró Charlie, moviendo la cabeza al ritmo de la guitarra eléctrica imaginaria que tocaba.

—Sólo déjenme hablar a mí, y todo va a estar bien. Esto está totalmente basado en la ciencia —aseguró Max. Sus ojos empezaron a contraerse y comenzó a subirse los lentes, lo que hizo que Lance se cuestionara si Max realmente creía en lo que acababa de decir.

Llegó la hora. La Sra. Lombardi se acercó al grupo con su carpeta y su lápiz en la mano. Su cabello estaba amarrado hacia atrás en un moño perfecto y lucía una expresión facial que los chicos no lograban leer. Tenía una expresión burlona en la boca y su barbilla estaba ligeramente levantada como si sospechara algo. La Sra. Lombardi no era más alta que algunos de sus estudiantes, pero cuando estaba en modo estricto, era evidente que la cosa iba en serio.

—Buenos días, chicos. ¿Qué tenemos aquí? —preguntó.

—Le presento el proyecto ganador, ¡PEDOLICIO-SO! —anunció Charlie.

La cara de la Sra. Lombardi cambió ligeramente mientras Charlie removía la sábana que cubría la presentación.

—Lo que quiere decir —dijo Max—, es que hemos desglosado la explicación científica del por qué la gente tiene gas y cómo es un proceso digestivo totalmente normal cuando se come comida saludable.

La Sra. Lombardi aún no respondía. Lance tuvo miedo de que desaprobara su proyecto, los reprobara y arruinara su intento de hacer que Ryan y sus amigos dejaran de molestar a Madeline.

—Sra. Lombardi —dijo Lance—, hemos trabajado duro en esto. Sabemos que suena un poco gracioso, ¡pero ésa es la mejor parte! Los chicos siempre se andan riendo y actuando tontamente cuando alguien pasa gas, y eso interrumpe la clase totalmente. Si podemos explicar por qué sucede esto, quizás ya no será gran cosa.

Lance se mordía nerviosamente el interior de su labio y se rascaba la parte de atrás de la cabeza. Puede funcionar. Debe funcionar.

La Sra. Lombardi pareció pensar por un segundo mientras golpeaba la carpeta de notas con su lápiz. Lance había presentado un buen punto.

—¿Y esto qué es exactamente? —preguntó, apuntando con su lápiz a la parte de la presentación que le correspondía a Charlie.

—¡Ésta es mi Pirámide Alimentaria de Pedos! —respondió Charlie orgulloso—. Es comida que te

hace pasar muchos pedos. Tenemos huevos, brócoli, frijoles, leche . . . todo lo sano que te creará burbujas en las tripas.

La Sra. Lombardi no parecía estar contenta. Arrugó las cejas y miró a Max y a Lance.

—¿Creen que ésta es una presentación apropiada para la Competencia de Hábitos Saludables?

La estaban perdiendo. Afortunadamente, Max y su conocimiento de ciencia salvaron el día.

—Verá, Sra. Lombardi, algunos alimentos en la pirámide alimenticia de Charlie como los frijoles, por ejemplo, tienen un mayor contenido de azufre que otros. Mientras más azufre tengan las comidas, más fétido será el olor de nuestro gas.

Max apuntó a su parte de la presentación y los ojos de la Sra. Lombardi lo siguieron. Le mostró cada probeta que había tapado, sellado y rotulado en su anaquel de probetas.

—Estas probetas representan los componentes del aire atrapado en nuestro sistema digestivo que causan lo que a nosotros nos gusta llamar "pedos". Tenemos nitrógeno, oxígeno, dióxido de carbono, hidrógeno y metano.

Max miró a Lance para que siguiera con la explicación para la Sra. Lombardi. Parecía que ya estaba entendiendo lo que estaban diciendo. Estaba asintiendo con su cabeza y cubriendo su boca con la mano.

—Max tiene toda la razón —continuó Lance—. Y aquí tiene mi lista de Datos Divertidos sobre los

Pedos. Todos pasamos gases y todos lo hacemos más de diez veces al día. De hecho no es sano el contenernos, nos puede dar dolor de estómago. De cualquier forma, el aire atrapado necesita salir. Así es que si no pasamos un pedo cuando debemos, lo haremos mientras dormimos.

—Como una orquesta de pedos —se rio Charlie—. ¡Ah, y casi lo olvido! Sacó un cartel que había hecho para la presentación del pasillo. Decía, "PEDOLICIOSO" y las letras parecían troncos de caca que había cortado en cartón. Lo observó orgulloso. —¿Qué loco, verdad?

Lance tenía las manos en sus bolsillos. Encogió los hombros y sonrió ampliamente, mostrando sus dientes blancos como perlas perfectamente cepillados.

—Sí, qué asco . . . —concordó la Sra. Lombardi—. Pero bien, chicos, esto es el trato. No estoy muy contenta con que hayan decidido hacer su presentación de Hábitos Saludables con un tema tan repugnante, pero técnicamente, el pasar gases es parte de nuestra salud y un resultado de los hábitos alimenticios sanos y de la digestión. Así es que, acepto su entrada. Sólo les pido que reduzcan la terminología asquerosa al mínimo, ¿está bien?

—De acuerdo —prometió Lance. Tenía las manos juntas como una forma de agradecer a la Sra. Lombardi y a los dioses de los pedos que deben haber estado de su lado ese día.

La Sra. Lombardi se alejó, y los chicos se dieron el nuevo saludo secreto "Pedolicioso" que habían inventado durante la excursión en el Barco Bananero el cual "nunca había sucedido". Cada uno puso un puño, los tocaron e hicieron un sonido de explosión de pedos cuando los abrieron.

El equipo Pedolicioso se paró frente a su proyecto mientras otros estudiantes del cuarto grado se reían y apuntaban en su dirección. Parecía que nadie los tomaba en serio. Max había comenzado a transpirar al pensar que quizás no podría asistir a la apertura de Estación de Campo Dinosaurio. La evidencia estaba en las manchas de sudor en su camisa. Charlie fingió embestir a algunas personas que se rieron de su cartel de troncos de caca mientras pasaban por su lado. ¿Y Lance?, él solo quería terminar con el sufrimiento de Madeline y rogaba para que esta loca idea que había tenido funcionara. Afortunadamente, no eran sus compañeros del cuarto grado los que votarían por la entrada ganadora. Eran los del quinto grado, y ellos estaban aproximándose por el pasillo. El Equipo Pedolicioso observaba a los que serían su salvación. La competencia de Hábitos Saludables había comenzado.

CAPÍTULO 11
PEZ PEDORRO

Lance había esperado que los del quinto grado estuvieran un poco más interesados por la presentación del Equipo Pedolicioso que sus compañeros de cuarto grado. Sus esperanzas se desvanecieron rápidamente. Los jueces estaban más atraídos por los palitos de zanahoria y los batidos de kale y mango que regalaban los equipos rivales que de hablar sobre pedos. Lance y sus amigos estaban preocupados pensando que, después de todo, podrían perder la competencia.

—Perdón, ¿te interesaría aprender sobre la digestión y la flatulencia? —le preguntó Max a unos del quinto grado que iban pasando.

No tuvo suerte. Sólo lo ignoraron y lo miraron raro.

—¡Pasen y aprendan sobre los pedos! —gritó Charlie.

Eso tampoco funcionó. La gente sólo se burlaba y pensaba que era ridículo. Especialmente las chicas.

Exclamaban cosas esporádicas como "¡Qué asqueroso!"

Lance debía hacer algo. Si no, todo lo que él y sus amigos habían pasado durante el fin de semana sería en vano. Las salchichas y los frijoles que había servido su mamá. La acidez después de Taco Bell. El asalto a su papá por una anciana. El vómito de Max. No los defraudaría a ellos ni tampoco a Madeline.

Lance era inteligente y tenía un truco bajo la manga. Algo que ni siquiera le había dicho a sus compañeros de equipo.

—¡Perdón, oigan! ¡Atención! —gritó a la multitud de preadolescentes que se encontraba en el pasillo.

Nadie miró.

Lance dio un silbido muy fuerte que su papá le había enseñado, uno que él hacía cuando la gente terminaba de cantar feliz cumpleaños o daba un discurso. El silbido sonaba muy fuerte y era molesto, del tipo que usaba la gente para llamar a los animales o para parar un taxi en Nueva York. Su mamá lo detestaba, pero funcionaba. Comenzó a ver caras de chicos en vez de sus espaldas. Pronto, todos los ojos en el pasillo estaban puestos en el Equipo Pedolicioso. Max comenzó a transpirar aún más. Charlie miró a su alrededor confundido. Lance sintió como si los rayos de luz sobre él se hubieran vuelto calurosos rayos de sol, amenazando con derretirlo antes de que tuviera la oportunidad de hablar. Sentía un nudo gigantesco formándose en la garganta. Era ahora o nunca.

—¡Tenemos un pequeño premio disponible aquí en la mesa de Pedolicioso. Si quieren acercarse, les puedo contar de qué se trata.

Lentamente, los chicos se interesaron y comenzaron a aglomerarse a su alrededor. Lance sabía que no tenía refrigerios ni ensalada de frutas para atraer a sus compañeros, pero sí tenía gomitas dulces en forma de peces. Si había algo que a los chicos les gustaba más que los batidos eran los dulces. Y Lance lo sabía todo sobre los dulces.

—Me llamo Lance. Estos son mis amigos Charlie y Max.

Charlie hizo el signo de la paz. Max hizo un gesto de hola nervioso e incómodo con la mano mientras observaba a la multitud.

—Lance, ¿qué estás haciendo? —preguntó Max con una voz ahogada—. No tenemos ningún premio.

—Sólo sígueme la corriente —dijo Lance—. Bien, entonces, obviamente todos sabemos que nos tiramos pedos, ¿verdad?

Los estudiantes comenzaron a reírse. Nadie lo estaba tomando en serio. Debía llamar su atención rápido antes de que otra vez se dispersaran por el largo pasillo.

—En serio, escúchenme. Echamos aire por una variedad de razones. Aquí mis amigos presentes Max y Charlie han mapeado todas esas razones. Pero los humanos no son los únicos en la tierra que pasan gas.

Lance sacó una bolsa Ziploc de tamaño galón llena de gomitas rojas en forma de peces. La Sra. Lombardi se acercó rápidamente. —Eso no es algo sano, Lance. Por favor guárdalos. —Por favor deme un minuto para explicar. Prometo que va con mi proyecto. —Lance la miró con su mejor cara de cachorro tierno. Sus ojos verdes tuvieron el mismo efecto en el cuerpo tenso de la Sra. Lombardi, que con su mamá cuando estaba en problemas.

—Está bien, pero espero que esto esté completamente relacionado con gas sano, o sufrirás las consecuencias.

La Sra. Lombardi se hizo a un lado, pero no se alejó mucho. Tenía toda la intención de observar a Lance de cerca.

Lance sonrió y miró a su audiencia.

—Bien, como estaba diciendo, tengo toda una bolsa de gomitas aquí para quien pueda contestar mi pregunta correctamente.

Algunos chicos en el grupo comenzaron a sobarse las manos, encantados, listos para responder a cualquier pregunta que Lance lanzara. Era un total soborno, pero el Equipo Pedolicioso no era el único grupo que tratara de persuadir a los jueces. El Equipo Vitamina C estaba regalando cartones de jugo de naranja, y el Equipo Antioxidante los estaba tentando con pedacitos de chocolate amargo de frambuesa. Todo estaba permitido en los pedos y en la guerra.

—Existe un pez llamado arenque. Un estudio reciente ha demostrado que el arenque se tira pedos. Esto se conoce como TRR, un tic repetitivo rápido. Es sólo una manera más bonita de decir que pasan gas como el resto de nosotros. Esta bolsa entera de gomitas va para la primera persona que me diga por qué los arenques se tiran pedos.

Los estudiantes de quinto y cuarto por igual comenzaron a susurrar entre ellos, desesperados por comer azúcar después de haber sido alimentados con palitos de apio y zanahoria. Los amigos de Lance se agruparon a su alrededor para una discusión rápida.

—Oye, ¿por qué no nos dijiste nada sobre esto? —preguntó Charlie.

—Sí, Lance, ¿has investigado lo que dices? ¿Peces que se tiran pedos? Digo, ¿está comprobado científicamente? —preguntó Max.

—Aprendí sobre esto en el *National Geographic*, así es que debe ser la verdad. Miren, chicos, lo único que tenemos que hacer es captar su atención. Una vez que la tengamos vendrán aquí y nos darán una oportunidad. Sólo debemos sellar el trato.

—¿Así cómo Max selló el trato en el carro de tu papá? —preguntó Charlie.

—Se supone que no debemos hablar sobre lo que sucedió esa noche, Charlie —dijo Max bruscamente.

—¿Qué sucedió esa noche? ¿De qué hablas? Porque no importa lo que digan, definitivamente no es de lo que *yo* estoy hablando. —Charlie se estaba dispersando.

—¡Ya paren, chicos! Vamos. Hagamos esto —dijo Lance. Les acercó la mano para hacer su saludo secreto. Los chicos se le unieron.

—Muy bien, entonces, ¿quién cree que tiene la respuesta? —Lance preguntó a la multitud.

—¡Para ayudarlos a soltar excrementos! —gritó el capitán del equipo de béisbol del quinto grado.

—No, no es eso.

El capitán chasqueó sus dedos a su respuesta incorrecta.

—¡Para hacer un camino! —gritó alguien.

—¡Para ahuyentar depredadores! —gritó alguien más.

Lance negó con la cabeza. —Todas son excelentes respuestas pero ninguna de ellas es la correcta. ¿A nadie le gustan las gomitas de pez?

La multitud quedó en silencio. Estaban murmurando sus conjeturas unos a otros.

—¿Qué tal tú, Ryan? —le preguntó Lance.

Ryan apuntó a sí mismo y miró alrededor. Todos lo miraron.

—¿Yo? —preguntó con una risita dubitativa.

—Sí, tú. Tú que siempre andas haciendo sonidos de pedos, pensé que quizás sabías algo sobre ellos. Al parecer no sabes tanto como parece.

La muchedumbre dejó salir unas cuantas risas en dirección a Ryan. Éste cruzó los brazos y agachó la cabeza, tratando de esconderse. Lance lo vio retrocediendo lentamente entre la multitud, avergonzado.

Después de estar en el lado opuesto de una explosión de pedos muy pública, Ryan ya no estaría tan dispuesto a andar haciendo sonidos de pedos a Madeline.

—¡Vamos, chicos, denme algo! —gritó Lance.

—¿Para comunicarse? —dijo una suave voz femenina.

—¿Quién dijo eso? ¿Quién dijo para comunicarse? —preguntó Lance.

Todos miraron alrededor en la muchedumbre buscando al genio que había ganado la bolsa de dulces. Una mano pequeña y vacilante se levantó en el aire. Era Madeline. Lance sabía que sólo un cerebro como el de ella podría adivinar la respuesta correcta, o al menos, eso es lo que había esperado.

—Ven aquí, Madeline. ¡Ganaste! —dijo Lance.

Empezó a aplaudir. Todos los del quinto grado siguieron a Lance y le hicieron camino a Madeline en medio de la muchedumbre. Nadie se reía de ella. Nadie la estaba molestando. La estaban felicitando.

—Ella es Madeline —dijo Lance cuando llegó a la mesa de Pedolicioso.

Madeline miraba al suelo y levantó los ojos para enfocar a los niños mayores frente a ella. No dijo ni una palabra.

—Madeline tiene la razón. Los arenques viajan en grandes escuelas de peces, muy parecidas a la enorme cantidad de peces en esta bolsa. Pasan gases para comunicarse con los demás, toman aire de la superfi-

cie del agua y lo dejan salir por el trasero en forma de pequeñas burbujas bajo el agua.

—¡Eso pasa cuando nos tiramos un pedo en el agua también! —exclamó uno de quinto grado.

Charlie asintió y le dio al chico una señal de aprobación con el pulgar. —¡Jacuzzi instantáneo! —gritó.

—Sí, exactamente —dijo Lance—. Así, ven, los pedos son más que sólo ráfagas de aire apestosas. Son importantes. Si quieren aprender más, pasen por nuestra mesa.

Entonces, algo increíble sucedió. Los del quinto grado comenzaron a aplaudir nuevamente . . . por el Equipo Pedolicioso. Fue una ovación de pie. Lance sonrió de oreja a oreja. El Equipo Pedolicioso tenía la oportunidad de ganar la Competencia de Hábitos Saludables. Lo podía sentir en sus huesos.

CAPÍTULO 12

Y EL GANADOR ES . . .

Lance estaba tan ansioso por saber cuál equipo había ganado la Competencia de Hábitos Saludables que ni siquiera había almorzado. Y Lance siempre se comía su almuerzo; así no tendría tanta hambre por la noche cuando su mamá hiciera otro intento fallido de preparar cena. Pero ese día, o quizás nunca, Lance no podía soportar la ensalada mexicana de frijoles que la cafetería de la escuela ofrecía. Imposible después del desastre del viernes. Mordiéndose las uñas, fijó los ojos en el altavoz esperando que el director Quiles anunciara a los ganadores pronto. Mientras más esperaba, más destruía sus uñas. Miró hacia abajo brevemente y vio la mitad de sus uñas en tiras encima de su escritorio y la otra mitad aún en sus dedos, rogando no ser arrancadas de la comodidad de sus camas de uña. Finalmente, paró de mordérselas. Sus uñas lucían como si necesitaran un descanso. De pronto, la voz del Sr. Quiles resonó en el altavoz mientras la Sra. Lombardi daba una lección sobre fracciones en

el salón de Lance. No podía haber escogido un mejor momento.

—Buenas tardes, Primaria Oakland. Por favor, perdonen la interrupción. Quiero anunciar a los ganadores de la Competencia de Hábitos Saludables. Después de contar cuidadosamente los votos del quinto grado, el ganador es . . .

Lance pudo escuchar el sonido de un papel que se desdoblaba. Miró a su alrededor en el salón. Algunos chicos estaban parados al lado de sus sillas con los ojos fijos en el altavoz. Algunos grupos de chicas se tomaban de las manos y cruzaban los dedos. Todos estaban nerviosos, pero nadie estaba más ansioso que Lance de escuchar los resultados. Necesitaba ganar. No sólo por él y sus amigos, sino que por Madeline.

—¿Qué? ¿Estás seguro? No puedo dedicar todo un día a este tema —el Sr. Quiles le susurró a alguien.

El altavoz se apagó. La clase de la Sra. Lombardi protestó. Lance golpeó su escritorio. ¡Vamos! Esto era una tortura. La Sra. Lombardi intentó hacer callar a su clase y desviar su atención hacia la lección de matemáticas, pero fue en vano. Nadie la estaba escuchando. Era muy probable que nadie hubiera estado poniendo atención, de todas formas. Ningún cerebro en el cuarto estaba listo para saber nada que no fuera cuál sería el tema ganador, al cual se dedicaría el estudio durante un día completo. Lo que parecía una eternidad fue sólo un par de segundos. El Sr. Quiles volvió al altavoz y se aclaró la garganta.

—El ganador de la Competencia de Hábitos Saludables . . . No puedo creer que voy a decir esto en voz alta . . . es . . . PEDOLICIOSO. Sra. Lombardi, por favor coordine el día del tema con su equipo ganador. Gracias.

Charlie, Max y Lance saltaron de sus asientos para chocar sus manos. Lo habían logrado. Habían demostrado que todo el mundo era pedolicioso. Pronto estarían planeando un día entero para el tema del cuarto grado sobre esto. Habría Perfume de Salchichas y Frijoles sofocando los pasillos por millas. Sinfonías de granadas de pedos harían eco en los oídos de todo el mundo. Se celebraría el arte de tirarse pedos sin humillación.

Charlie comenzó a cantar —¡PE-DO-LI-CIO-SO!

Lance se unió y tomó la mano de Madeline, agitándola en el aire al ritmo de la canción. Pronto, toda la clase de cuarto grado de la Sra. Lombardi estaba coreando —¡PE-DO-LI-CIO-SO!

—¡PE-DO-LI-CIO-SO! —Madeline también cantaba.

Lance estaba seguro de haber tenido éxito en terminar el acoso que sufría Madeline por los pedos. Él y sus amigos habían ganado la Competencia de Hábitos Saludables. Pero Isabella aún estaba en problemas por haber comenzado una guerra de comida de la que no tuvo parte. Había una cosa más que se debía hacer, y había sólo una persona que podía hacerlo.

CAPÍTULO 13

UNA FIESTA PEDOLICIOSA

Poco después de que el director Quiles anunciara a los ganadores de la Competencia de Hábitos Saludables, las clases del cuarto grado se juntaron en el pasillo para mirar el trabajo de los otros y felicitar al equipo ganador. Todos los otros estudiantes del cuarto grado se apelotonaron alrededor de Max, Charlie y Lance para aprender cómo funcionaban los pedos. ¡Era la gloria gasística!

La Sra. Lombardi se colocó al final del pasillo con un micrófono.

—¿Me escuchan todos? —Le dio golpecitos al micrófono—. Si me pueden escuchar, levanten las manos en silencio. —Todos levantaron una mano y usaron el otro dedo índice para cubrir sus bocas.

—Gracias, estudiantes del cuarto grado de la Primaria Oakland. Quiero presentar certificados a los ganadores de la Competencia de Hábitos Saludables. ¿Por favor, pueden mis estudiantes, Charlie, Max y Lance, venir aquí a recibir sus premios?

Todo el cuarto grado comenzó a aplaudir. Algunos de los chicos de la clase de la Sra. Lombardi comen-

zaron a cantar, "¡PE-DO-LI-CIO-SO!" otra vez. Pronto, todos los estudiantes cantaron al unísono. Sonidos de gases se escuchaban también en el coro. Lance no pudo distinguir si todos fueron hechos de forma oral y era totalmente posible que algunos de ellos fueran auténticos. Fue un gran momento de éxito total.

—Gracias, muchas gracias —dijo Lance, acallando a la multitud—. Me gustaría agradecer a mis amigos por apoyar mi muy apestosa idea.

Max tomó el micrófono después. —Me gustaría agradecer a nuestra maestra, la Sra. Lombardi, por darnos la oportunidad de mostrar que la flatulencia es en verdad una parte sana de nuestras vidas. Todos la tenemos. ¡Viva el pedo!

—¡Viva el pedo! —aprobó un grupo de chicos en el fondo.

Charlie rápidamente tomó la plataforma. —Yo quiero agradecer a todas las comidas que nos dan gases por ayudarnos a evacuar sustancias nocivas. También a mi amigo Lance por concebir esta increíble y asquerosa idea y a mi compañero Max, aquí presente, por su Perfume de Salchichas y Frijoles. Está de venta aquí por si alguien lo quiere.

Los chicos rieron histéricamente, hasta algunos maestros soltaron una risita a escondidas.

—Ya es suficiente, chicos. Gracias —dijo la Sra. Lombardi—. Ahora, a disfrutar de la tarde. Nosotros los maestros del cuarto grado nos unimos para proveerles sorpresas y actividades por el resto del día para agradecerles a todos por su ardua labor y sus dedicadas entradas a la competencia.

Lance, Charlie y Max hicieron su saludo secreto para celebrar. Sólo faltaba eso para que todos los del pasillo se volvieran a hacer el saludo secreto con su prójimo, así copiando a los muchachos. Isabella se volvió a Madeline para hacer el saludo pedolicioso. Juntar los puños, explosión de gas.

—Al parecer, las dos somos pedoliciosas —dijo Isabella.

Madeline sonrió. —Sí, parece que sí. —Sus ojos se iluminaron tras sus lentes y finalmente se fijaron en Isabella en vez del suelo.

Ryan y sus amigos pasaban frente a ellas cuando las chicas hacían las paces. Madeline se encogió, temiendo que los chicos comenzaran a molestarla de nuevo. Para su sorpresa, hicieron justamente lo opuesto.

—¿Podemos unirnos al saludo? —preguntó Quinn, con su mano en el bolsillo de sus jeans.

—Seguro, ¿por qué no? —dijo Madeline.

Todo el grupo participó. Madeline nunca había estado tan feliz de participar de una explosión de pedos. La Fiesta Pedoliciosa había comenzado.

Pasaron el resto de la tarde entre juegos, ganar premios saludables y merendar pastelitos, jugo y fruta. Lance sacó a escondidas botanas de frutas. Él y sus amigos gozaron durante la tarde como las celebridades más grandes de los grados cuarto y quinto. ¿Quién dijera que los pedos serían su entrada a la fama? El Equipo Pedolicioso era la estrella del show. Y juzgando por el aroma en el pasillo, también lo era el Perfume de Salchichas y Frijoles.

CAPÍTULO 14
LA REVELACIÓN

El director Quiles se frotó la cara y rascó su aceitosa frente mientras juntaba sus cosas y se preparaba para irse a casa al final del día. Su cabello canoso, que normalmente lucía peinado, ahora estaba crispado y parado en lugares donde él no se daba cuenta. Los estresantes resultados de la Competencia de Hábitos Saludables del cuarto grado fueron suficientes para que su pulcro cabello se parara en las puntas como si hubiera metido un dedo en la corriente eléctrica. ¿Cómo es posible que hubiera ganado una exposición sobre gases? Y lo que era más importante, ¿cómo fue que semejante tema pudo haber sido permitido en la competencia? Debe haber reglas que limiten los temas. Si no las había, él las implementaría para el próximo año escolar. Por supuesto habría una reunión de profesores de última hora, temprano el lunes por la mañana, para discutir la atrocidad del llamado Equipo Pedolicioso. El director Quiles comenzó a echar con fuerza en su maletín de cuero negro

sus carpetas y cuadernos de notas. Explicarle al superintendente de la escuela que la Primaria Oakland tendría un Día de Concientización Pedoliciosa no iba a ser fácil.

Cruzó la oficina central y se detuvo a recoger el correo de su buzón. Su secretaria, la Sra. Feldman, fingía que trabajaba en el boletín de la escuela. En realidad, estaba en su página en las redes sociales posteando subtítulos en las últimas selfies que se había tomado. La Sra. Feldman era baja y robusta, como una tetera. Tendría suficiente edad como para ser la abuela del director Quiles, lo que hacía que fuera aún más extraño que supiera lo que era una selfie, o incluso que supiera cómo tomar una desde el ángulo y filtro correctos. Tan pronto como el director Quiles entró a la oficina, minimizó su navegador de internet y abrió el boletín de los padres de la Primaria Oakland.

—Buenas tardes, Director. ¿Ya listo para irse a casa? ¿Tiene planes con la familia?

—Lo único que pretendo hacer este fin de semana es explicarme cómo fue posible que un proyecto llamado "Pedolicioso" haya ganado la competencia del cuarto grado sobre Hábitos Saludables. ¿No hay manual para esto? ¿Una especie de lista para indicar qué es aceptable como tema?

—Eh, no, no lo creo. ¿Eso no lo deciden los maestros? —preguntó la Sra. Feldman.

—Por supuesto que no, no es decisión de los maestros —refunfuñó el director Quiles.

—Bien, entonces, ¿de quién es la decisión? ¿De usted?

El director Quiles miró a la Sra. Feldman. —¿Está sugiriendo que es mi culpa? ¿Que debería haber supervisado mejor a mis empleados? Pensé que eran lo suficientemente adultos y experimentados como para conocer la diferencia entre lo que es apropiado y lo que no lo es.

—Pfft, al parecer, no —dijo la Sra. Feldman, abriendo disimuladamente su página de medios sociales otra vez para ver cuantos "me gusta" había tenido su horrible foto de cara de pato. Si recibía más de 20, la haría su foto de perfil.

El director Quiles se estaba poniendo más y más molesto. No tanto con la Sra. Feldman, sino porque ella podría tener razón. Él se había descuidado, por decirlo así.

—Y sobre ese triunfo del proyecto Pedolicioso —dijo la Sra. Feldman—, ¿cómo debo ponerlo en el boletín de hoy para los padres? Estaba pensando en algo así como "Flatulencias Invaden a la Primaria Oakland". Buen título, ¿verdad?

—Ni se le ocurra —advirtió el director Quiles, caminando hacia el escritorio de la Sra. Feldman y dándole una mirada severa.

Rápidamente ella minimizó su nueva foto de perfil. Había recibido 23 "me gusta".

—Nada, no quiero que se diga *nada*, sobre la ridícula victoria de hoy. Debo ingeniar una forma de poner fin a todo esto. ¿Se imagina la humillación que sufriré en la junta escolar este mes? Seré el hazmerreír de todo el distrito. Me llamarán el "director Caca". Eso no sucederá mientras yo sea director. ¿No hay ninguna manera de alterar los votos? ¿No podemos haber cometido un "error"?

Ahora era la Sra. Feldman quien miraba a su jefe. Era una buena empleada pero no dudaría en poner al director Quiles en su sitio. Era una de las pocas personas en la Primaria Oakland que podía hacerlo. Muy en el fondo, él le tenía un poquito de miedo. La Sra. Feldman había trabajado en la Primaria Oakland por más tiempo que nadie en la oficina y había visto pasar a cuatro directores. El director Quiles sabía que ella no se iría muy pronto. Además, le recordaba a su anciana abuela, que solía agarrarlo de las orejas cuando se portaba mal. No traspasaría esos límites con ella.

—Escúcheme, señor —dijo—. Por ahora, me saltaré estas noticias inesperadas en el boletín del viernes, pero si usted cree que voy a mentir a más de cien estudiantes sobre el honesto ganador de su competencia, se va a encontrar con otro problema.

La Sra. Feldman comenzó a teclear sin parar.

—A menos de que me dé una semana libre —dijo ella.

Había parado de teclear y sus ojos ahora miraban por encima de sus bifocales a la espalda del director Quiles. Éste se volteó lentamente y la miró a los ojos.

—¿Me está chantajeando? —preguntó.

—No, estoy negociando.

La atmósfera era tensa. Los dos oponentes se encontraban en una agresiva competencia de miradas. Era una escena de una película del viejo oeste. Pilas de heno desparramadas por la oficina. Un lento y caliente viento rozó las placas en las paredes y las puertas de la oficina. Dos contrincantes listos para desenfundar, concentrándose el uno en el otro para ver quien se arrepentiría primero. El labio superior de la Sra. Feldman tembló, y mantuvo la mano a su lado. El director Quiles ajustó su sombrero de cowboy y se limpió el sudor de su rostro. Mordió su mejilla como si masticara tabaco. La Sra. Feldman ya había sacado su arma. El director Quiles podía o replicar o alejarse.

—Buen intento —dijo a regañadientes—. No hay días libres para usted hasta el receso de primavera. Especialmente porque usted estará ayudándome a escribir reglas sobre los temas de presentación aceptables para la competencia.

La Sra. Feldman se quejó. Comenzó a "trabajar" en su computadora nuevamente. Había perdido el enfrentamiento.

—Por ahora, envíe el boletín. Luego pensaré en cómo lidiar con nuestro pequeño tema del Día de Concientización Pedoliciosa.

El director Quiles no quería pasar ni un minuto más dentro de las paredes de la escuela. Tomó los volantes, los pedidos del personal y las cartas de su correo y los puso bajo el brazo. Todo lo que tenía que hacer era revisarlos, botar la basura y llevar a casa lo más importante. El Sr. Quiles caminó a su oficina y comenzó a abrir sobres con su abridor de cartas de acero inoxidable. Después de haber botado la mitad de su correo, el director de la Primaria Oakland tomó un sobre que le traería un nuevo problema a su creciente montaña de situaciones.

Era una carta muy extraña. Decía:

Las rosas **son** rojas.

La orquídea **es** violeta.

Soy *quien* inició **la pelea de** comida **en** la escuela.

No culpen a Isabella, ella es inocente.

Lo hice para que **cambien** los malos de mente.

Ahora tome **cuenta** porque me **presentaré,**

me llamo **Mister Malo** y de los acosadores me vengaré.

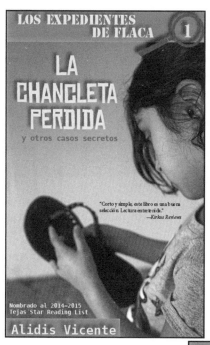